500자 소설

surimstudio

서문

이 책은 500자라는 분량 제한에서 출발했다.

500자는 이야기를 충분히 설명하기에는 늘 부족한 길이다. 인물의 과거를 틀어놓기에도, 감정의 변화를 친절히 따라가게 하기에도 모자란 분량이다. 이 애매한 길이 안에서 소설이 어디까지 가능할지를 확인하는 것이 이 프로젝트의 출발점이었다.

집필 과정에서 몇 가지 기준이 자연스럽게 고정되었다. 수록된 글은 모두 시가 아닌 소설이어야 했고, 각 작품은 500자 이내에 머무르기보다 가능한 한 그 분량에 근접하도록 쓰였다. 설명을 목적으로 한 문장은 줄이고, 장면과 행위를 통해 이야기가 성립되도록 했다. 감정은 최대한 직접 서술하지 않고, 독자가 상황 속에서 감지하도록 남겨두었다.

　　이 책에 수록된 101편은 동일한 시점에 완성된 작품들이 아니다. 초기의 탐색적 시도부터 기준이 안정된 이후의 후기 작품들까지가 하나의 흐름으로 묶여 있다. 그에 따라 작품 간 밀도와 완결감에는 편차가 존재한다. 이는 정리되지 않은 흔적이 아니라, 조건이 고정되어 가는 과정을 그대로 남기기 위한 선택이다.

　　이러한 기준은 미학적 선언이라기보다 반복을 가능하게 하기 위한 통제에 가깝다. 동일한 조건 아래에서 글을 여러 번 쓰다 보면, 개별 작품보다 그 축적이 만들어내는 감각이 먼저 드러난다. 이 책은 그 축적의 결과물이다.

　　이 책에서의 '500자 소설'은 단순한 분량 규정이 아니라, 특정한 쓰기 조건과 읽기 방식을 포함한 하나의 형식이다. 이 형식은 반복을 통해 축적되며, 그 과정 자체가 하나의 장르적 성격을 형성한다.

　　『500자 소설』은 총 101편으로 구성된 단행본이며, 동시에 웹 환경에서 동일한 규칙으로 소설을 작성하고 공유할 수 있는 실험과도 연결되어 있다. 웹앱은 결과물을 전시하기 위한 도구가 아니라, 조건을 유지한 채 쓰기가 지속될 수 있는 환경을 만들기 위해 설계되었다.

　이 책에 실린 소설들은 각기 다른 이야기를 하고 있지만, 같은 방식으로 쓰였다. 독자는 개별 작품을 읽을 수도 있고, 조건이 만들어낸 흔적을 따라 읽을 수도 있다.
　이 책은 거기에 따른 일체의 설명을 제공하지 않는다. 남겨진 여백은 모두 독자의 몫이다. 별개로 작품마다 질문을 남겨둔 건 쉽게 읽힌다 하여 페이지를 빨리 넘기기 보단 한 편을 읽은 후, 조금이라도 쉼을 가지며 생각을 정리해보셨으면 하는 욕심에서다.

　또한 이 책은 팬 독자들을 위해 곳곳에 작은 이스터에그를 심어두었다. 이를 발견하고 연결해보는 과정 역시 또 하나의 재미있는 읽기 경험이 될 것이라 믿는다.

2026년 1월 29일. 여전히 매서운 겨울의 길목에서

문수림

| 목 차 |

1. 마지막 대화 / 32. 달로가는 자전거 / 27. 배변 대행 / 81. 분촌 / 19. 대화는 없다 / 97. 체스 / 88. 갈 수도 있고 / 17. 카낙의 별 / 76. 불이 꺼진 뒤 / 54. 달이 뜬 오후 / 22. 무해한 것들의 죄 / 44. 진화(進化) / 83. 있어빌리티 / 48. 가지치기 / 41. 투둑 / 39. 문장의 세계 / 67. 모래비 / 53. 종착지 / 77. 아보카도 / 61. 매끈한 오후 / 18. Ctrl + / 33. 최악의 파트너 / 58. 기름값 / 79. 정산범 / 87. 오를 수밖에 / 42. 안달리아의 밤 / 2. 씨앗 / 4. 유예 / 78. 절망의 배분 / 37. 선(線) / 72. 뒤집힌 것 / 10. 버스, 사마귀, 그리고 인간 / 56. 버섯요정 / 92. 원심정벌기 / 23. 으산 아래에서 / 6. 어쩌다보니 / 49. 좋은 사람 / 86. 무해한 것은 없다 / 15. 사랑의 경계 / 68. 첫인상 / 95. 냅둬 / 34. 같은 표정 / 52. 제자리 / 28. 방치 / 71. 허기의 회로 / 80. 적당한 글 / 7. 이정표 / 30. 굿값 / 91. 별밭 / 55. 택배 / 12. 말, 그리고 거짓말 / 63. 주가 상승 중 / 100. 콩고기 / 36. 타룬과 여우 / 8. 두부 / 65. 창과 방패 / 93. 소르 민! / 45. 국경 / 24. 작가의 길 / 82. 닮지 않은 간두 / 59. 커피테이블 / 14. 당장 내일 / 85. 만주를 다녀온 사내 / 47. 왕자와 공주니까 / 75. 럭비공 / 5. 삼켜진 말 / 50. 말로는 안 된다 / 96. 작가와 작가 / 21. 유효기간 / 60. 아이들 / 31. 문 / 89. 선택 / 11. 없는 게 없다 / 66. 닿는다는 말 / 20. 물을 나눠줬죠 / 99. 무게의 기준 / 57. 같은 날의 두 사람 / 13. 신이 있는 것처럼 / 74. 도강 / 90. 각자의 연애 / 35. 그제야 / 94. 툰트라의 악마 / 25. 복도의 끝 / 64. 국도에서 / 9. 부엉이 / 69. 그들의 사과나무 / 43. 완벽한 설계 / 84. 코르크 마개 / 16. 저승문턱 / 73. X자 매듭 / 26. 통신장애 / 62. 아기의 울음과 웃음 사이 / 38. 수도꼭지의 소원 / 51. 나무 / 98. 변하지 않는 판돈 / 3 숙제 / 40 이야기를 삼킨 이야기 / 70. 종말의 시작 / 29. 달이 떨어진 밤 / 46. Rule / 101. 알리햐

1. 마지막 대화

"네가 헤밍웨이도 아니고, 그런 게 소설이 되겠냐?"

고지대에 홀로 놓인 낡은 산장은 해를 잃었다. 흐릿한 조명이 두 사람의 얼굴에 흐르는 굵은 땀방울을 비춘다. 카페인에 겨우 몸을 기댄 두 사람은 발밑으로 천천히 차오르는 검은 물을 보고도 애써 모른 척 했다.

"끊임없이 상상하게 만드는 거니까. 오히려 더 좋지 않을까?"
"아니, 요즘 독자들은 확실한 결말을 원해."
"몰라, 어쨌든 500자면 충분해. 그 안에 전부 담을 수 있어. 하기야, 이젠 닿을 독자도 없지만."

말이 끝나기 무섭게 조명이 꺼졌다. 모든 신경이 어둠 속에 잠겼다. 어느새 허리까지 차오른 물. 죽음이 가슴을 향하 찰랑거렸지만, 더는 올라설 곳도 없었다.

"젠장, 이제 정말 끝이군."
"누가 떠올라?"
"말해 뭐하겠어! 당연히…"
"어때? 이런 거야. 지금 우린 전화 한 통은커녕 메시지 한 줄조차 남길 수 없어."

그렇게, 인류의 마지막 대화가 물에 잠기고 말았다.

· 이 대화는 끝을 기록한 것일까요, 끝을 미뤄본 시도였을까요?

32. 달로 가는 자전거

미쉘이 달로 가는 자전거를 만들었단 소식에 기자들이 들이닥쳤다.

"페달 밟는 것만으로 동력이 충분합니까?"
"허공에서 어떤 원리로 바퀴가 굴러가죠?"

흥분한 기자들과 달리 미쉘은 매우 차분했다.

"전용 산소통과 우주복을 착용합니다. 페달은 계속 굴리고요."

기자들의 얼굴이 순식간에 굳어버렸다.

"위험하지 않나요? 우주복 입은 채로 페달을 굴리는데 산소가 충분할까요? 아니, 어지간한 근력이 없다면 시승 자체가 힘들겠는데요?"

그때부터 기자들은 쓸모와 안전에 대해 집요하게 물고 늘어졌다. 말투에는 조롱과 멸시가 다분했다. 그럼에도 미쉘은 여전히 차분했다.

"여러분들은 스카이다이빙과 맨손 암벽등반을 즐기는 이들에게도 안전과 쓸모를 말하나요? 이건 우주를 향한 불굴의 도전, 진정한 우주 정복의 도구입니다. 편의를 따질 거면 여긴 왜 오셨습니까? 기사 작성도 로봇에게 맡기시지."

미쉘은 일어나 연구실로 향했다. 속도계를 보완할 아이디어를 놓치기 싫었다.

· 당신의 첫 번째 발명품은 무엇인가요?

27. 배변 대행

배변 대행업이 성행하기 시작한 건 최근이다.

모두 <인체 물질 치환 기술> 덕분이다. 산업이 기술의 등장과 함께 폭발적으로 성장했다. 초창기 인터넷 사업과 버금갈 정도다.

배변 대행업은 사회 문화를 완전히 바꿔버렸다. 이제 회사와 공공시설에서는 누구도 화장실을 찾지 않는다. 기업들은 열광했다. 대행꾼이 똥을 대신 싸주니 일꾼들은 로봇처럼 일만하면 된다. 그야말로 혁신이다. 단순히 직원들 농땡이 피우던 시간만 줄인 게 아니다. 이제는 남녀 화장실을 따로 만들 필요도 없고, 그로 인해 파생되던 각종 문제와 마주할 일도 없게 된 거다.

황당한 건 대기업의 난입이었다. 취업준비생과 주부들에게 환영받는 부업이 되나 싶더니 어느 순간 판이 바뀌어버렸다. 그룹의 회장이 장애 등급이 낮은 장애인들만을 고용하여 아예 배변 대행 플랫폼 회사를 차려버렸던 것이다. 당시 그의 인터뷰가 퍽 인상적이다.

"똥이 곧 희망입니다! 저들도 이제 떳떳하게 돈을 벌 수 있게 된 겁니다."

· 이번 편은 순전한 창작이 아닌 오마주입니다.

이미 과거에 마르시아스 심(심상대) 작가가 병돌씨의 어느 날이란 단편소설을 썼었습니다. 그게 만화로도 그려졌었고, 이후 주식회사 무통대변이란 연극 작품도 나왔었죠.

81. 분침

다른 환자들과 달리 그는 우울증을 호소하지 않았다.

"숨쉬기가 힘드네요."

그의 통증은 단순명료했다. 압박으로 인한 호흡 곤란. 여느 사람들처럼 도태를 견디지 못해 일어난 몸의 반응이었다. 죄어오는 통증 앞에 해결책 없이 밀려오는 내일, 그리고 내일.

"일을 받으면, 전 예나 지금이나 포토샵부터 부팅해요. 사람들은 생성형 AI부터 찾는데 말이죠. 이미 굳어서 낡아가는 중이죠."
"그건 선생님 외에도 모두가 겪고 있는 문제입니다."
"그렇다고 모두가 굴복하거나 흘러가는 대로 맡기지는

않죠."

"뭐, 여전히 스케치북에 펜을 드시는 분들도 있다는 것만 알아주셨으면 합니다."

그는 통증을 호소하지도, 약을 구걸하지도 않았다. 그저 셈을 해봤다. 오늘을 걸으면서 스케치북에 펜으로 구상을 옮기려던 사람의 수를.

"그들이 대부분 만족스러울까요? 저보다 급여가 좋겠느냐고요?"
"그럼, 당장 당신은 신입들보다 급여가 적습니까?"

말을 마치고 손목시계를 봤다. 분침이 조금 느리게 움직였다.

· 우리는 언제부터 능력이 아니라 '속도'로 평가받게 되었을까요?

19. 대화는 없다.

황량한 서부의 사막.
말투가 어눌한 총잡이가 과묵한 인디언을 만났다.

총잡이는 칼보다 총질이 빨랐고, 인디언은 말없이 몸을
날려 피할 수 있었다.

총잡이는 육설이 어눌했지만 총알을 채우는 손이 빨랐고,
인디언은 숨소리가 묵직했지만 쏘아올린 화살이 가벼웠다.

탕.
푸욱.

총알은 빗나갔지만 화살은 빗나가지 않았다. 화살촉이

총잡이의 발등을 꿰뚫는 동안 빗나간 총알은 바위를 때렸고, 쪼개진 돌조각들은 인디언의 눈으로 뛰어들었다.

말 한마디 없던 놈과 말조차 제대로 못하던 두 놈이 동시에 외마디 비명을 내질렀다.

이젠 절름발이가 된 놈과 장님이 된 놈이 서슴없이 칼을 휘두르고, 있는 힘껏 손도끼를 던진다.

그렇게 병신과 병신이 서로 악을 쏟아낸다. 둘 모두에게 저승사자가 찾아왔지만, 대화는 없다. 일방적으로 내뱉는 어눌한 욕설과 일방적으로 무시하는 침묵만 있을 뿐.

악!

철철 흐르는 피를 따라 비명이 흐르고, 혐오가 흐른다. 여전히 대화는 없다.

· 분노와 혐오, 대화는 왜 출발점이 다른 것일까요?

97. 체스

체스를 인격에 비유하는 멍청이들이 많지만, 체스는 그보다 훨씬 값지다. 그 자체로 온전한 예술이다.

그렇지만 너게 도전장을 내민 바보들은 하나같이 승부에만 집착했고, 승부의 과정만 보고 인생을 말하곤 했다.

"갬빗을 할 생각이면, 확실히 해야지. 우리들 인생도 그렇잖아. 퀸이냐, 킹이냐? 한쪽을 택해야만 하고, 적당히 잃어야만 정점에 닿을 수 있지. 그런데 매번 자네 앞에서는 막히는군. 뭘 더 잃어야 자네를 넘을 수 있을까?"

오늘의 노인도 딴에는 짐짓 멋들어진 대사를 뱉었다고 생각하겠지만, 너 눈에는 그저 늙고 병든 원숭이다. 잃은 게 있어? 대체 뭘? 폰? 나이트? 비숍? 기껏해야 내게 꼴아 박은 시간?

　나는 바로 대꾸하지 않고 나의 퀸 위로 쏟아진 햇살, 그리고 햇살을 따라 부유하는 먼지들을 바라봤다. 노인이 체념하고 지팡이에 손을 얹을 때까지. 난 어렵사리 허리를 편 노인을 단 몇 마디로 붙잡았다.

　"잃을 건 없어요, 다시 보고 얻을 것만 있죠. 체스판은 둥글거든요."

· 여러분의 체스판은 어떤 모양인가요?

88. 갈 수도 있고

거리는 러시아워로 붐볐지만 고요했다. 신의 유머감각은 이럴 때 빛을 발한다.

"태풍이 상륙할까요? 다행히 최근엔 한반도에 강력한 태풍이 들어오지 않았잖아요."
"그렇습니다. 북태평양 고기압이 방패 역할을 해왔죠. 하지만 이번 17호 태풍은 워낙 강력해서 긴장할 수밖에 없습니다. 지금은 바다를 가로지르는 동안 에너지가 소진되길 기다려보는 수밖에요."

라디오 뉴스를 듣고 있자니 헛웃음이 절로 나왔다. 괜한 말장난이다.

'상륙할 수도 있고, 아닐 수도 있죠. 옆으로 살짝 비틀어서 지나갈 수도 있고.'

앵커들이 정확성은 뒤로 밀쳐두고 점쟁이 점괘만 기다리는 꼴이다.

괜히 차창을 내렸다. 다들 오늘의 걱정에 붙잡혔는지 도로는 고요하기만 하다. 요란한 건 오직 내 핸드폰 뿐.

"여보세요? 네, 제가 지금 가는 중입니다. 30분까지요? 그게… 하아, 갈 수도 있고, 못 갈 수도 있지만, 그렇다고 저보다 서류 가방이 먼저 도착할 가능성을 전혀 고려해보지 않고 있는 건 아닙니다."

· 이번에는 질문이 없는 이유가 무엇일지 상상해볼까요?

17. 카낙의 별

별을 따라 밤하늘을 걸었던 북극곰 카낙은 아빠가 정말 좋아하는 친구란다.

카낙이 처음부터 별을 밟았던 건 아니야. 걷는 것도 서툴고 수영도 할 줄 몰랐지. 정말이야, 조그만 해빙 위에서 카낙은 울고 있었단다. 어쩌지를 못하고 발만 동동 굴렸지. 바닷물은 차갑기단 했고, 끝도 보이지 않았거든.

그러거나 말거나, 밤은 금방 찾아왔단다. 바다를 삼킬 만큼 커다란 보름달이 떴어. 카낙은 달이 바닷물을 마셔주지는 않을까 싶어 올려다봤단다.
그때, 별빛이 점점이 흩어져 카낙의 바로 앞까지 내려왔어. 부서진 별빛을 따라 고개를 숙였지. 그리고 일렁이는 바닷물 위에 뜬 별과 달을 봤단다.

카낙은 조심스럽게 가까이 내려앉은 별 위에 발을 디뎌봤
어.

첨벙.

순식간에 머리꼭대기까지 한기가 밀려왔지.

첨벙, 첨벙.

그렇지만 카낙은 물러서지 않았어. 다시 해빙 위에 상체
를 걸치고서는 부지런히 발을 놀렸단다. 그렇게, 그날 밤.
카낙은 별과 달이 흔들리는 바다 위에서 몸을 던지고 또 던
졌단다.

· 북극곰의 머리털이 변하고 있다는 거 아시나요? 평생 해빙
위에서만 사냥을 했다는 건요?

76. 불이 꺼진 뒤

이건 로또다. 국민적 영웅과의 인터뷰라니! 누구도 관심 없었던 비인기 종목으로 무려 세 번이나 올림픽을 제패한 금메달 3관왕.

"뵙게 되어 영광입니다."
"찾아주셔서 감사합니다."

뜨거운 마음과는 달리 가벼운 인사. 그리고 마음에 없는 질문까지. 모든 게 순조로웠다. 곤란한 건 진정되지 않는 내 마음뿐이었다.

"그렇게 갈채가 쏟아지고, 경기장의 불이 꺼졌죠. 그리고 제 인생도 꺼지고 말았죠."

“네?”

“물론, 숨이야 쉬고 있죠. 메달 덕에 나오는 돈도 있고, 그 시절부터 찍은 광고 수입도 많고, 심지어 오늘은 주식도 상한가를 갔어요. 그렇지만, 제 메달은 지금 서랍장에 박혀있을 뿐입니다. 어리석게도 경기장에 불이 꺼지고 나서야 알게 되었어요. 이제 더는 연습할 필요도 없다는 걸요. 우습죠? 이미 몇 년째 제 직업은 백수인 겁니다. 애써 이룰 것도 없고, 이룰 필요도 없는 백수.”

나는 녹음기를 바라봤다. 빨간 LED는 계속 깜빡였지만 녹음될 이야기는 이미 끝난 듯했다.

· 목표를 이미 이룬 삶, 과연 우린 다른 목표를 또 세울 수 있을까요?

54. 달이 뜬 오후

그날 오후에는 달이 떴다.

자동차는 멈추었고 전기는 흐르지 않았다. 길을 잃은 사람들은 곧 해소되지 않는 욕망에 미쳐버리고 말았다.

달은 그저 으은히 빛나기만 했다.

두 시간도 지나지 않아 해가 떴다.

여전히 배는 정박되어 있었고, 누구도 불에는 손을 대지 않았다. 인간들은 단 두 시간 만에 존엄성을 폐기했고, 오직 생존을 위해 서로를 속이고, 죽이기에 바빴다.

별이 빛난 건 그로부터 네 시간 뒤였다. 인간들은 존엄성도 버렸고, 살인도 망설이지 않는 짐승이 된 뒤였지만, 또 그

만큼 절실해지기도 했다. 소리를 지르거나, 걷거나 뛰면서 타
인을 찾았고, 각자의 신에게 기도하며 사랑을 갈망했다.

다음날, 평소처럼 다시 해가 떴고, 전기가 흘렀다. 사람들
은 기름을 날라 자동차를 굴렸고, 말을 처음 배운 원시인처
럼 옆 사람에게 진심으로 말을 전했다.

달은 반나절 뒤에나 찾아왔다.
사람들은 이미 오후에 떴던 달은 잊은 뒤였다.

인간들은 각자의 욕망에만 충실했다.

· 당신은 얼마나 참을 수 있습니까?

22. 무해한 것들의 죄

저승사자7 말수가 적은 건 죽음이 미루어질 순 없다는 이유로 오늘ㄲ지 휴일 없이 일해 온 탓이다.

이제 막 죽음을 맞이한 말론은 그런 사정을 알 리가 없었다.

"아침이면 창을 열고 책을 읽었어요. 매일 다른 차를 마셨죠. 그러다 오후가 되면 고양이를 안고 산책을 나갔어요."

넉살 좋은 기소와 함께 말론은 무해한 것들에서 얻는 소소한 평안과 행복에 대해 말했다. 듣기만 해도 아름다운 일상이었다.

문제가 있었다면, 피곤에 절은 저승사자다. 대화 따윈 바란 적이 없었다. 결국 참지 못한 저승사자가 나직하게 읊조렸다.

"네가 사랑한 무해한 것들만을 말하고 있지만, 그건 어디까지나 너의 관점이지. 한가하게 책을 탐하고 고양이와 산척만 했다고 죄가 없을까? 네 작은 평화를 위해 이웃을 외면하고 신이 내려준 자원을 갉아먹은 유해한 인간이여. 그만 입 다물고 강을 건너라."

다음 순간, 뱃사공 카론의 시커먼 손이 나타났다. 말론의 외마디가 아케론 강에 묻혀 사라졌다.

· 우리가 흔히 '무해하다'고 안심하는 것들에는 무엇이 있을까요?

44. 진화(進化)

액자는 걸어가고 싶었다.

종일 한 곳만 바라보는 것도 지치는데, 고작 있는 다리 하나는 걷기는커녕 몸을 눕히는데도 쓰이지 못했다. 마음처럼 제대로 되는 일이 하나도 없다.

"아, 짜증나!"

그 소리를 들은 연습장도 걸어가고 싶었다. 아니, 걸어서 나가고 싶었다

언제 또 속살을 보이며 펼쳐질지 모른다는 사실이 두려웠다. 더는 자신의 속살 위로 낯 모르는 타인의 마음을 덧씌우고 싶지 않았다.

"아, 죽고 싶어!"

이번에는 저금통이었다. 저금통은 당장 뛰쳐나가고 싶었다. 더는 새로운 동전도 찾아오지 않는다. 그 지루함이 분노로 차올라 저금통을 흔들었다.

"이대로 죽을 수는 없어!"

다들 약속이라도 한 듯이 동시에 아우성을 쳤다. 책상은 순식간에 시끌시끌해졌지만, 누구도 그들을 찾아오진 않았다. 그들에게 손님이 찾아온 건 달빛에 창문 색이 바랠 정도로 오랜 세월 뒤였다.

"어머, 먼지 좀 봐. 그냥, 싹 다 버리자."

며칠 후, 그들이 있던 자리에 노트북이 하나 올려졌다.

· 발전이나 성장 같은 변화 덕에 버린 것들 중 아쉬운 것이 있다면, 그건 무엇인가요?

83. 있어빌리티

여느 때처럼 상대의 눈이 아닌 손끝을 향해 귓가에 속삭이듯 말을 이어갔다.

"그래서 내가 멋대로 내 문체랍시고 이름을 붙였어."
"그건 멋진 거 아냐?"
"하하, 멋지긴. 무공 이름 외치면서 방방 뛰어다니는 무협지 주인공도 아니고. 완전 쪽팔린 짓이지."

수림은 고개를 돌렸다. 이미 식어서 향도 차가워진 커피가 조르르 복잡한 마음 위로 흘렀다.

"호호, 대체 그 기술명이 뭔데?"
"저강도곡선, 정서적 미립자 확산형 서술. 그리고 aggro

to art.”

“뭔가 다 좀 있어 보이는데?”

“아무렴. 있어빌리티의 나라에서 살아가는 소시민다워
야지.”

말을 마친 수림은 급히 자리에서 일어났다. 이미 부끄러움
이 극에 달해 동작도 흐트러지고 있었다.

“하여튼 쪽팔린 짓이야. 비평가들은 내가 있는지도 모르
는데!”

“뭐, 어때? 문단이나 등단, 그런 거 이제 관심 없다며?”

결국 수림은 여름날의 구름보다도 길게 한숨을 내뱉었다.

“하, 내가 곤조야 있지! 근데 있어빌리티의 나라잖아!”

· 부끄러운 게 문체 때문이었을까, 불리지 않은 이름 때문일까?

48. 가지치기

“제천대성에게 딸이 있다는 설정 어때?”

“왜 하필 딸이야?”

“그게 더 의외잖아?”

“과연 딸에게 어디까지 알려줬을까?”

“직접 키운 거야? 딸이 찾아오거나 혼자서 커가는 게 아니라?”

“제천대성에게 딸이 있다 보다는 결혼 생활이 더 어그로 끌릴까?”

“세계관 확장은 쉽겠어. 막힌다 싶으면 사오정이든, 저팔계든, 그것들 아들들 불러오면 되겠네?”

“도술을 직접 쓰면 재밌긴 해도 너무 쉬워지지 않을까? 어떤 핸디캡 설정이 좋을까?”

“그럼 애 엄마는 누구야? 요괴야, 인간이야? 아님, 신선?

부처?”

“근데 딸도 모험을 해야 하나?”

“제천대성이 애 엄마랑 살림을 살았을까? 아님, 스치는 인연이었을까?”

“서울에 살았다면 어디 아파트 전세였을까? 빌라 월세?”

수림이 수림으로부터 등을 돌리고 앉았다.

그러자 하늘이 열리고 제천대성의 목소리가 땅으로 떨어졌다.

“그래서 결국, 말하고자 함이 무엇이더냐?”

수림과 수림이 한 차례 더 잘게 나뉘어졌다.

· 잘라내고 싶은데 잘라내지 못한 관계가 있다면, 그건 왜 그런 걸까요?

41. 투둑

빗방울은 말이 없었다. 아니, 못했다.

그들은 입이 떨어지기 전에 바닥에 깨지며 널부러진 채 생을 마감해야 했고, 투둑. 뼈마디 관절이 다 으스러지는 그 처참한 소리가 그들이 평생 동안 낼 수 있는 소리이자, 가장 아름다운 소리였다.

투둑. 후두두둑.

빗방울과 빗방울이 엉퀴고, 설키고. 처마 끝으로, 우산 끝으로 구른다. 돌 위로, 강 위로, 흙바닥 위로 구른다. 장렬한 죽음이다. 생에서 생으로 이어지기 위한 고결한 순간의 연출이 끊임없이 디어진다.

투둑. 후두두둑.

그런 선순환의 고리. 그 가운데서 수림이 집을 나선다.
현관을 나서기 전부터 몸을 가두려는 습기가 무겁기만 하
다. 짧은 우산을 펼쳐들고 하늘을 찌르며, 수림은 짧게. 씹어
뱉듯이 욕을 내뱉는다.

"옘병, 시부럴 꺼 다 젖겠네!"

벌써 어깨가 다 젖어버린 수림은 욕설을 아끼지 않았다.
그러거나 말거나, 여전히 빗방울은 투둑. 떨어지고 있었지만.

· 살면서 욕이 반드시 필요한 순간이 있다면, 그건 언제일까요?

39. 문장의 세계

소설 속 세상에 갇히는 건 정말 절망적이다. 내가 장담한다. 그건 정말 사람을 미치게 만든다. 여러분은 아마 1시간도 못 버틸 거다.

왜냐고? 명확한 게 아무 것도 없으니까.

믿기지 않겠지만, 여긴 사람들의 얼굴이 없다. 아니, 정확히는 제대로 된 윤곽이 없고, 옷차림도 매우 획일적이다.

그렇다. 작가의 묘사가 미치지 않는 부분은 죄다 이런 식인 거다. 주인공과 중심 사건 외에는 뭐든 간결하고 엉성하다. 대략적인 이미지로 문장이 채워지니 뭐든 명확한 게 없다. 배가 고파 음식을 먹어도 그렇다. 뭐든 생김새가 엉성하고, 맛이 없다. 정말, 글자 그대로다. 아무런 맛도 나질 않는다.

불완전한 문장 덕에 불명확한 것들로 채워진 세상.

이런 세상이다 보니 냅다 도망부터 치고 싶지만, 설상가상으로 최근에는 이야기 진행조차 멈추어 버렸다. 정말 최악이다. 이후로 같은 일상만 반복되고 있는 중이다.

나를 제외하곤 세상이 멈춘 채로 조금도 달라지지 않고 있다.

· 지금부터 8살 때의 하루를 묘사해보는 건 어떨까요?

67. 모래비

십 년에 한 번, 모래비가 내리는 밤이 찾아온다. 그날은 짐승도 사냥을 하지 않고, 꽃도 봉우리를 닫아 인간조차 몸을 굽히는 날이다. 그렇게 전설이 만들어지기 좋은 밤이 십 년에 한 번씩 찾아온다. 기연을 앞세우고, 저주를 싹 틔우면서.

그렇다, 눈치 챘겠지만 오늘이 바로 그런 밤이다. 모래 구름은 진즉 아침부터 피어올라 해를 가렸었다. 수림은 그걸 보면서도 길 위에 홀로 있었다. 모두가 몸을 숨길 때, 그는 아무런 의지도 품지 않았다.

'내가 쓴 문장들이 타인에게 닿지도 못하고 모래처럼 으스러지고 있는데, 산다는 게 다 뭐람?'

사아아악.

결국 길 한가운데서 수림은 모래비를 맞이하였다. 걸음걸이부터 허술했던 그는 금방 발을 헛딛고 쓰러졌다. 발목에 통증을 느끼기도 전에 모래가 무릎까지 차올랐다. 수림은 그제야 놀란 표정이 되었다.

'젠장! 그래, 으스러지더라도 진작 이렇게 모래비처럼 때려 부었다면!'

모래는 이미 배꼽을 가리고 있었다. 발이 빠지질 않았다.

· 지금의 우린 늦었을까요, 아닐까요? 늦었다면 어떤 자세로 맞이해야 할까요?

53. 종착지

백엔 동전은 피곤했다.

저금통 안에서 고이 쉬고 있으려고 했는데, 최근 들어 주인이 저금통을 들추는 일이 잦아진 탓이다. 오늘도 오백 원 동전 서너 개가 사라졌다. 남은 동전들이 떠들기 시작했다.

"그들은 다 어디로 갈까?"
"어쨌든 쓰임이 된다는 건 좋은 거 아니야?"

백엔 동전은 귀찮았다. 바깥이 어떻게 생겨 먹은 곳인지 새까맣게 잊어버린 동전들이 떠드니 귀만 아팠다.

"어쩌면 다시 돌아갈 수 있을지 몰라!"

십엔 동전과 1위엔 동전이 옆에 바짝 다가섰다.

"가긴 어딜 가? 정신 차려. 여긴 한국이야. 여기 온 것도 벌써 십 년을 넘었어. 되돌아간다고? 꿈도 야무지다!"

이후로도 동전들은 계속 빠져나갔다. 결국 마지막까지 남아있던 외화 동전들도 몽땅 털려 은행으로 옮겨졌다. 가난한 주인 덕에 그들에게도 기회가 찾아온 것이다.

"가긴 어딜 가? 여긴 한국이야. 여기 은행이 종착지야!"

결국 십엔 동전과 1위엔은 백엔 동전에게서 등을 돌렸다.

· 은행이 종착지가 되는 순간은 언제일까요?

77. 아보카도

"신생아가 걸음마를 떼는 게 빠를까, AI 때문에 우리가 실직자가 되는 게 더 빠를까?"

대답하고 싶지 않은 질문이었다. 그것보다 내가 먼저 묻고 싶었던 건 오늘 하루 어땠냐와 같은 작고 사소하지만 소중한 것들이었다. 아무래도 그런 게 결혼기념일 데이트 시작 전 멘트로는 무난하니까. 그렇지만 아이쉬와라는 전혀 개의치 않는 모습이었다.

"아무래도 AI가 더 빠를 것 같아."

난 우리가 키우는 애들의 대학등록금이 당장 더 걱정이었지만, 말을 삼켰다. 대신 말을 하고 싶은 만큼 그녀의 잔을

가득 채워주었다. 그러거나 말거나, 아이쉬와라는 내가 아닌
내 등 뒤로 시선을 두었다. 반으로 가른 아보카도를 옮겼다.

"지금 몇 명 실직하는 건 문제도 아닐 거야. 대부분 프리
랜서가 될 거란 말이지. 문제는 체력이야. 우리가 경쟁할 수
있을까?"

결국, 술잔을 내려놓을 수밖에 없었다.

"여기 아보카도 하나 때문에 남미가 벌집이 되는 건 관심
없고? 문제는 체력이 아냐, 관심의 방향이지."

· 우린 지금 무엇의 미래를 걱정하고 있는가?

61. 매끈한 오후

TV에 소개되는 괴담들은 하나같이 끈끈한 맛이 없다. 하나같이 이야기가 기승전-무당이다. 사람들을 구하는 것도 무당, 이야기를 정리하는 열쇠도 무당. 무당 없이는 매끈해지지 않는 전기가 늘 못마땅하다.

"무당이 다 뭐냐, 귀신보단 사람이 더 무섭지."

"그럼, 포포는 귀신 안 무서워?"

"응, 난 좀 웃겨. 귀신이 사람을 해코지해서 사람이 죽으면, 죽은 사람도 그때부터는 귀신이잖아. 서로 대면하면 감당 되겠어? 막갈로 내가 모모랑 애들 두고 귀신 때문에 골로 갔다고 쳐. 그럼, 내가 그 귀신 가만히 두겠냐? 저승 가는 초

입까지 질질 끌고 가면서 개 패듯이 패지.”

　“아니, 그래도 악령은 힘이 세잖아.”

　“그럼, 제 명대로 못 살고 가는 내 한은 한이 아니고?”

　“아니, 악령이 포포보다 키가 더 클게 뻔하잖아. 주먹 휘두르면 닿기는 하나?”

　“…그건 좀 무섭네.”

　귀신보단 귀신의 다리 길이가, 무당보단 아내의 통찰이. 더 무섭고 매끈한 오후다.

· 무엇이 가장 무서운가요?

18. Ctrl +

"소설? 그런 게 팔릴 리가?"

매일 이야기를 빚어 날리는 게 업인 사내에게 보따리꾼이 불쑥 찾아와 말을 걸었다.

"하루에 몇 자나 적으시오?"
"5백 자. 요즘은 애써 5백 자로 담고 있소."
"그게 의미가 있소? 매일 새로운 이야기라지만, 고작 5백 자에 뭐든 제대로 담기기나 할까?"

어째서인지 보따리꾼은 자꾸만 사내에게 시비를 건다.

"그래서 해보는 중이오. 과연 얼마나 담을 수 있는지. 과연 5백자로 사람들을 상상하게 만들고, 나도 만족할 수 있을지 말이오.”

그러는 중에도 사내는 앞만 보고 타자를 두드린다.

“Ctrl+C, Ctrl+V만 몇 번 찍찍해도 하루 5천자는 금방이겠는데, 겨우 5백자? 인물끼리 몇 마디만 해도…”

듣고만 있던 사내가 벌떡 일어나더니 보따리꾼을 힘껏 걷어차며 소리쳤다.

“Ctrl+Z, Ctrl+X!”

매일 이야기를 빚어 날리는 게 업인 사내에게 보따리꾼이 불쑥 찾아와 말을 걸었다.

“소설? 그런 게 팔릴 리가?”

· 목표가 흔들리는 날은 어떻게 하루를 보냅니까?

33. 최악의 파트너

슈퍼맨이 베트맨보다 못한 게 있다면, 딱 하나다.

사회성.

대부분 베트맨의 돈부터 떠올리지만, 아니다. 슈퍼맨이 돈? 지나가던 개가 웃을 소리다. 그에게 돈이 문제일 수 있을까? 문제였다면, 진작 렉스 루터부터 삥 뜯었겠지.

자유민주주의라 쓰고 자본주의라 읽는 나라에서 영웅이던 슈퍼맨이지만, 그가 영웅일 수 있었던 건 세상과 구차하게 엮이지 않은 덕이다. 돈이 문제인 나라에서 돈으로부터 자유로운 초월자. 사회성이 정상적으로 형성되었을 리가?

그러니 요령 있게 살아온 베트맨 눈에는 슈퍼맨은 그저 철부지다. 그가 인생의 무게를 알까? 접시만 닦아도 기계보다 빨라 시급도 두 배로 받을 놈이? 덕분에 뭐든 아낄 줄 모른다. 최악의 파트너다. 최근에도 악당에게 베트카를 내던졌다.

그럴 때마다 베트맨은 클립토나이트를 만진다. 렉스 루터를 불러 슈퍼맨 목에 클립토나이트를 휘감는 상상을 한다. 물론, 상상은 오래가지 않는다.

그런다고 애송이가 돈 무서운 줄 알게 되는 건 아니니까.

· 얼마만큼 잘생겨야 부족한 사회성이 용서될 수 있을까요?

58. 기름값

그는 사고의 전환이 가치 전복을 만들 수 있다고 했다. 그러더니 뜬금없이 동해안으로 달리자고 한다. 엠병, 여기서 거기까지 몇 시간이나 걸리는 줄 알고?

얼굴 표정으로 온갖 불만을 다 드러내면서도 시동을 건다.

으르릉흐트릉.

힘을 잃은 말 울음소리마냥 겨우 엔진이 점화되어 바퀴가 굴러간다. 나의 체념도 바퀴를 따라 동해안으로 굴러간다. 주유소를 한 차례 들리고, 휴게소를 몇 차례 들린 끝에 이름도 모를 바닷가 마을에 이르렀다. 그때까지 그는 잠을 잤고, 나는 운전을 했다. 운전만 해도 벅찬데 라디오를 들었고, 시시한 라디오 사연보단 내 글이 재미있지 않을까 자문해봤다. 아니, 그럴 리가. 그랬다면, 그를 태우지도 않았겠지.

이윽고 잠에서 깨어나 바다를 본 그가 말했다.

"이게 詩야. 바다 위로 빗물이 떨어지면, 그건 바다일까,
비일까? 바다 표면으로 하늘이 비치면, 그건 바다일까 하늘
일까?"

그냥 말로 하지. 옘병, 여기서 거기까지 기름값이 얼마인데.

· 통찰에 돈이 든다면, 얼마까지 지불하실 수 있으신가요?

79. 장산범

첩첩산중에 숨어 있던 장산범이 번잡한 도심으로 내려왔다. 육중한 몸을 깔끔한 고층 건물에 눕힌 지도 벌써 몇 년째다.

그간 달라진 점이 있다면 단연 식성이다. 장산범은 이제 인간들의 살점이나 영혼에는 흥미가 없다. 그런 것보다는 인간들의 돈이 훨씬 더 맛났다. 기를 쓰며 매달릴 때마다 돈에는 인간들의 욕망과 인생이 고스란히 묻어났기에, 질긴 영혼을 어렵사리 씹어 삼키는 것과는 비교가 되지 않았다.

게다가 인간보단 그쪽이 사냥을 하기에도 훨씬 더 편했다.

"Ai, 오늘은 부모를 두고 상경한 자녀들이 타깃이야. 편

부모 가정을 우선으로 명단을 가나다순으로 해직. 리스트가
작성되면, 다음으로 가족관계 형성 형태와 특이사항을 다 체
크하고, 그에 따른 목소리 생성과 예상 대화 스크립트도 조
성해.”

장산범이 음성으로 프롬프트를 입력하자 Ai는 단 몇 초
만에 연산 결과를 쏟아내기 시작했다. 그리고 최종적으로 언
터 한 번을 누르자 수천 개의 음성이 생성되었다.

“엄마!”

· 요괴는 사라졌을까요, 아니면 달라졌을까요?

87. 오를 수밖에

　　네모난 빌딩, 네모난 사무실, 네모난 책상, 그렇다고 모두가 네모난 눈기 되는 건 아니다. 메이안의 개인사무실은 에어컨 덕에 더없이 쾌적했다.

　　"슈퍼사이클이라고 아시죠? 2016~18년도 반도체 관련 차트입니다. 텐버거나 다름없죠. 그런데 AI에게 쌀은 곧 반도체거든요. 여기서 더 '오를 수밖에' 없어요."

　　투자자들은 '오를 수밖에' 없다는 단순명쾌한 논리 앞에서 곧바로 지갑을 열었다. 그렇지만, 간결했던 투자설명을 비웃듯 다음날부터 6개월이 넘도록 주가는 흘러내리기만 했다. 조급해진 투자자들은 앞다투어 메이안에게 전화를 걸어 따졌지만, 메이안은 오히려 차분했다.

“시장이 욕망을 이길 순 없죠. 지금은 그냥 더 사두세요.”

메이안의 뺨 위로 블라인드의 그림자가 내려앉는다. 비스듬히 사선이 그어진 그림자 속에서 이번에는 메이안이 먼저 전화를 걸었다. 창밖의 유리벽이 잠시 숨을 죽인다.

“인간들은 답이 없고, 갈수록 더워질 겁니다. 식량 관련주는 ‘치솟을 수밖에’ 없어요.”

· 우리가 오를 수밖에 없다고 믿게 만드는 것들은 과연 이성의 범위 안에 있는 것일까?

42. 안달리아의 밤

밤은 유연했다.

호흡 한 번에 새벽까지 길게 다리를 뻗었고, 별이 지는 동안에도 흔들리지 않고 자리를 지켰다. 밤은 늘 느슨했고, 그러면서도 어김없이 물러날 때를 알고 있었다.

그런 밤에게 매료된 안달리아는 매일 목욕을 한 후, 달에게 간절한 기도를 올렸다. 이윽고 스산한 달빛을 타고 달의 주인이 내려왔다.

"거긴 인간이 가기엔 너무 먼 곳이야. 그래도 밤의 주인을 만나고 싶니?"

"네!"

"그렇다면, 일곱 밤 동안 푹 쉬고, 일곱 마리의 낙타와 일곱 병의 술과 물, 일곱 개의 커다란 빵을 준비하렴. 단, 빵은 반드시 하루에 하나만 먹어야 한단다. 할 수 있겠니?”
　“네!”
　“그럼, 오늘부터 일곱 밤이 지나면, 내가 비추는 달빛을 따라가렴.”

　그렇게 일곱 날에 거쳐 안달리아는 모든 준비를 마쳤지만, 출발할 수는 없었다.
　달이 사라져 어디에도 달빛이 닿지 않았던 거다. 그저 희미한 북극성 별빛만이 안달리아를 살폈다.

　안달리아는 조용히 낙타를 끌어당겼다.
　밤은 여전히 유연했다.

· 당신이 하루 중 가장 유연해질 때는 언제인가요?

2. *씨앗*

철수와 영희가 있다. 철수는 아니카의 남편, 영희는 료스케의 아내다. 둘은 같은 날에 태어났고, 같은 지역에서 자라나 같은 학교를 나왔지만, 조금도 친하지 않았다. 아니, 그저 막연했다. 서르를 세상을 채우는 여러 사람들 중 하나 정도로만 인식했었다.

이쯤에서 현재 둘의 관계에 대해 여러 상상이 난무하기 시작할 테지만, 잠시 인내해주길 바란다. 둘은 여전히 서로의 존재에 대해 관심이 없고, 사는 지역도 다르다. 둘을 나란히 쓸 수 있는 건 순전히 페트리샤 때문이다.

페트리샤의 마지막 날, 철수는 그녀로부터 신장을, 영희는 눈을 받았다. 아직 성인식조차 치르지 못했던 페트리샤는 변화의 씨앗을 남기고 떠났다. 씨앗은 천천히 움트기 시작했다. 철수와 영희가 서로의 존재를 알기까지 1년. 서로의 인생에 묻어있음을 알게 된 건 2년. 한 침대에 몸을 눕히게 된 건 3년.

이제 때가 되었다. 지난 3년을 여러분의 상상력으로 맘껏 칠해도 상관없다. 모든 일은 그녀가 남긴 씨앗에서 비롯되었으니까.

· 저들의 3년과 나의 3년은 과연 얼마나 닮았을까?

4. 유예

"조지 오웰의 『1984』를 읽었어. 좋은 소설이야. 덕분에 전체주의도 막아낸 거 같지 않아?"

술잔을 내려놓은 그는 고개를 저었다. TV에서는 기후위기 다큐가 흘러나왔다.

"난 생각이 달라. 지난 세월 동안 몰락을 유예했을 뿐이야. 권력자들은 책을 악용했어. 전체주의, 공산주의, 사회주의를 싸잡아 악으로 포장해 반대편을 눌렀지. 결국 기득권을 지키려는 장치였을 뿐이야."

나는 대답하지 못했다. 얼음 녹는 소리만 컸다.

　"인간은 불완전하고, 자기욕망에만 충실해. 현재만 사는 존재들이지. 어떤 이념이든 결국 실패할 수밖에 없어. 자유 민주주의로 포장된 자본주의도 이제 숨이 다했어. 내일 당장 온난화로 끝장난다 해도, 누구도 책임지지 않을 테니까."

　말끝이 습기처럼 흩어졌다. 대화가 그대로 어둠에 잠기었다.

· 이 작품은 『1984』를 닮았을까, 조지 오웰을 닮았을까?

78. 절망의 배분

　싸구려 위스키에 기대어 글을 쓴다는 건 아침에 에스프레소를 마시는 것과는 전혀 다르다. 반듯하게 접힌 냅킨을 들어 거칠게 닦아 구겨 던지듯 정신을 몰아세웠을 때 나오는 문장 하나, 영감 한 줄기.

　거기에는 선악도 없고, 자비와 폭력도 없다. 오로지 인간을 향한 갈구만이 남아 있다.

　"들어봐, 어떤 쪽이 더 절망스러울지."
　"절망? 밝은 이야기는 없어?"
　"어두운 만큼 밝아지는 법이잖아. 어쨌든, 아빠가 없는 가정이야. 싱글맘과 두 아이가 있고, 작은 아이는 이제 고작 다섯 살이고 큰아이는 사춘기지. 그럼, 이들 셋 중 누가 악마에게 씌어야 가장 절망스럽고 안타까울까?”

“이번에는 오컬트야?”

수림은 대답 대신 위스키를 마셨다. 끈적한 술이 스모키한 몰트 맛을 내며 위태롭게 구겨진 수림의 정신줄을 타고 흘러내렸다.

“아, 굳이 따지자면 그렇겠네. 뭐, 어느 쪽이면 어때? 인간만 담고, 인간만 그릴 수 있다면, 라틴어를 거꾸로 쓴대도 그만이지.”

얼음에서 미끈한 과일향이 났다.

· 당신이 가장 먼저 고르려 했던 대상은 누구였습니까?

37. 선(線)

쥬베이가 던 하늘을 보며 노래하듯 말했다.

“조선의 활을 가지고 싶어.”
“조총이 돌고 있는 세상에 활?”
“꿰뚫는 건 같지만, 날아가는 곡선이 훨씬 아름답잖아! 뱃사람들도 그러던데? 조선은 활이 으뜸이라고!”
“뱃놈들은 전부 물고기 밥이 될 뻔했던 놈들이야. 죽다 살아난 것들은 제정신이 아니지. 태반은 과장이야. 정신 차려! 조총은 직접 봤지만, 물 건너 활은 귀로만 들었다고!”

고개는 끄덕였지만, 듣지는 않았다. 하늘로 쏘아진 쥬베이의 시선이 곱게 포물선을 그리며 날아갔다.

"왜국의 검을 가져다주시오. 우리와는 다루는 자세부터 다르고, 생김새도 다르니 연구해볼 필요가 있소."

이연덕은 바다를 노려보며 말했다. 그의 시선이 수평선을 꿰뚫을 것처럼 쏘아졌다.

"검도 검이지만, 저들은 조총이란 신식 무기가 있습니다."
"검은 봤지만, 조총은 귀로만 들었으니 우선 검부터 부탁하오."

뱃사람이 떠났지만, 이연덕은 여전히 바다를 가를 기세로 자리를 지켰다.

· 당신은 곡선을 믿는가요, 직선을 믿는가요?

72. 뒤집힌 것

육체가 감정을 따라가지 못하는 경우는 흔하다. 제이콥을 밀친 히나타가 그랬다. 딴에는 주체 못할 감정을 고스란히 담아 두 팔을 앞으로 쭉 뻗은 거였지만, 제이콥을 흔들기에는 역부족이었다. 그는 단단한 가슴과 묵직한 허벅지를 가졌으니까.

"진정 좀 해. 이렇게 화낼 일은 아니잖아."
"뭐? 네가 한 짓을 봐!"
"그래, 내가 잘못했어. 그렇지만, 이렇게 난리 칠 일이야?"
"내가 그거 하나 때문에 이러는 거 같아?"

대화는 서로에게 닿지 못하고 겉돌았다. 서로의 생각과 감정을 만지기보단 다들 스스로에게 집중하고 있었다. 우선이 상황을 모면하고자 하는 얄팍한 심리, 그리고. 자신을 소중히 여기지 않는 상대를 향한 원망. 특히, 히나타는 최근 일련의 사건들로 이미 스트레스가 극에 달해 있었다.

    "정말, 다른 이유가 또 있어? 아무리 봐도 고작 양말 한쪽 때문인 거 같은데?"
    "아니, 네가 뒤집어서 벗어 놓은 건 양말 한쪽이 아니야. 넌 지금 나를 뒤집어버렸다고!"

· 전혀 문제가 아니라고 여긴 것이 상대에겐 전부였던 적이 있나요?

10. 버스, 사마귀, 그리고 인간

버스는 쉼 없이 흔들린다. 아무래도 사람을 너무 많이 태워서다. 참, 아침, 저녁으로 무슨 짓인지, 몹쓸 과식이다. 변비 걸린 사람처럼 몇 정거장째 배출도 못하고 꾸역꾸역 승객을 태우기만 한다.

"아! 밟지 마세요!"
"어머! 어딜 만져!"

서로 발을 밟고, 엉덩이가 부딪히고, 부끄러운 냄새를 맡으면서도 일순은 반복된다. 사람들은 아침, 저녁으로 괴로운 얼굴로 버스를 찾고, 버스는 버거워하면서도 과식한다. 뭐, 결국 밀린 똥을 싸듯이 때가 되면 승객들을 다 쏟아내니 견딜 만한가 보다. 대자연이 순환하듯이 인간과 버스도 뭔가

합을 맞추어 열심히 돌리고는 있는 걸까?

"매번 힘들어 죽겠네!"

매일매일 죽음을 향해 스스로 걸어 들어가는 인간들에게서 수컷 사마귀가 보인다. 죽음을 알면서도 암컷에게 달려드는 자연의 순환. 더 나은 선택지가 있음에도 사마귀는 늘 비슷한 결말이다.

그럼, 사마귀보다 몇 배나 머리가 큰 인간은?

질문이 잘못 되었나 보다.

· 이 작품은 조지 오웰을 닮았을까요, 『1984』를 닮았을까요, 문수림을 닮았을까요?

56. 버섯요정

하늘은 푸르기만 했다. 뺨을 스치는 서늘한 바람이 아니라면, 가을의 끝자락을 서둘러 닫으려는 계절의 의지를 끝까지 몰랐을 테다. 낮게 깔린 구름이 산 위로 그림자를 드리웠다.

수림은 전화기 너머의 상대를 위해 찬바람에 입이 얼지 않도록 발음에 더욱 신경을 썼다.

"저는 글쓰기란 결국 섬세한 상상력이 전부라 생각해요. 산허리에 드리운 그림자가 있다면, 그 아래에 놓인 나무들과 나무들 아래에 펼쳐진 세상을 보려고 하죠."

뒤이어 상대의 물음이 이어졌지만, 수림은 대화에 집중이

되지 않았다. 나무 밑동에서 문을 열고 고개를 내미는 버섯 요정들이 떠올라서다.

"그리고 이야기는 결국 상상력을 더 자극해야 한다고 봐요. 이야기 내에서 전부를 다 알려줄게 아닙니다. 독자의 몫을 늘 독자 앞으로 남겨둬야 된다고 생각한다는 거죠."

수림은 아이들 핑계로 서둘러 통화를 마쳤다. 급히 자동차에 시동을 걸고 아내를 돌아보았다.

"더 늦기 전에, 버섯요정 찾으러 가자."

· 단순히 상상력을 위해 현실을 미뤄본 적이 있나요?

92. 원심정벌기

천하일통의 숙원을 달성하고 천마의 자리에 오른 수림.
그의 발 아래로 붉은 의복을 입은 교인들이 대륙을 가르는 평행선처럼 좌우로 끝없이 펼쳐졌다. 교인들의 만세 제창만으로 지축이 흔들렸다.

"본좌는 멈출 마음이 없다."

수림의 차가운 음성이 공간의 열기를 가르며 떨어졌다.

"바다 건너에는 인디안렌(印第安人)이 있다하옵니다."
"이면 세계에는 무공이 아닌 마법을 다룬다 하옵니다."

수림이 몸을 일으키자 대기가 뜨겁게 달아올랐다.

"그대들의 상상력은 참으로 빈곤하다. 이미 서적에 기록된 것들만을 고하는구나. 허나, 본좌는 범인이 발 딛지 않은 길을 걸어 의지를 증명하리라.

이제부터 백성들이 품고 사는 허망한 허상과 신념의 틀을 전부 박살내겠다. 듣기에만 그럴싸할 뿐, 구체적이지 못하고 이가 빠진 문장들은 그저 백성을 나락으로 이끄는 독이니라."

"천마재림 만마앙복! 신교천세! 성화강림 마도천하!"

절대지존을 향한 합일된 음성과 포권.
수림의 원심(原心)정벌기 시작 신호였다.

· 그래서 대체 뭘 부수고 싶다는 거였을까요?

23. 우산 아래에서

SNS에는 비가 내리고 있었다. 우산을 펼쳐 든 글이 곳곳으로 번졌다. 수림은 하늘을 올려다봤다. 유감스럽게도 비는 아직 소식이 없다.

비가 내리지 않아도 비를 그려본다. 작은 우산 밑으로 서로를 겹쳐 욱여넣은 남녀. 남자는 여자 쪽으로 우산을 기울여 이미 한쪽 어깨가 다 젖어있다. 수림은 그에게 다가가 귀 기울인다.

"어릴 때, 그런 생각을 했어. 비가 내려 어디 하나 놓치지 않고 젖어드는 모습에, 내 마음도 상대에게 고스란히 전해졌으면 좋겠다고. 지금? 그런 사람을 만났으니 더 멋진 상상을 하고 있지. 너와 함께 차를 몰고 비 내리는 바다로 가고 싶어. 그럼, 파도 소리와 빗방울이 파도 위에 내려앉는 소리, 빗방울이 우리 차를 두드리는 소리 속에서 우린 다마 사랑을 나누게 되겠지. 그러고 나면, 우린 비가 우산을 두드리는 소리조차 서로의 이름으로 들리지 않을까?"

거기까지 들은 수림은 고개를 돌렸다. 빗방울기 떨어지고 있었다. 아내에게 전화를 걸었다.

· 비가 내리는 날, 떠오르는 사람이 있다면 전화를 거나요, 술부터 챙기나요?

6. 어쩌다보니

노인이 다짜고짜 청년에게 지팡이를 들이밀었다. 대화 한 마디 없이 옆자리에 나란히 앉아 점심을 먹다 말고 생긴 일이었다. 자리에 앉을 때 가벼운 인사조차 나누지 않았던 지라 청년은 표정부터 굳어버렸다.

"평생을 함께한 녀석이야. 이놈으로 여러 번 세상을 구했지. 무저갱에서 올라온 것들에겐 빛을 내렸고, 날개 달린 놈들에겐 벼락을 쏘았어. 그런 물건이니 잘 부탁하네."
"네? 저는 마법에 대해 전혀 모르는 걸요?"
"괜찮아, 는 처음부터 알았겠나?"

청년의 손에 손때 묻은 지팡이가 쥐어졌다.

“어째서 제게 주시는 거죠?”

“그야 이젠 네가 가장 젊으니까. 뭐, 부담가질 건 없어. 둘러보게, 아직 멀쩡한 게 있는가? 다 무너졌어. 그냥, 어쩌다보니 자네가 희망인 게야. 쫄 거 없어. 나도 어쩌다보니 마법사였는걸. 주문? 그딴 거 몰라도 되네. 아니, 그놈을 단순히 몽둥이로 써도 그만이야. 그래도 괜찮아. 이런 세상에 누가 정답을 알겠나? 그저 기회가 있으면 두드리고 보는 게지.”

· 준비되지 않은 채로 맡겨진 역할을 우리는 언제부터 책임이라 불렀을까요?

49. 좋은 사람

그는 좋은 아버지였다.

가장이란, 모름지기 식솔들 입에 풀칠하고 배곯지 않게 하는 게 우선이다. 그는 시국이 혼란하여 모두가 갈팡질팡 하던 시절에도 홀로 꾸준히 자신의 길을 걸었다. 주변의 이 런저런 소리에도 아랑곳하지 않고 신념대로 행했더니 자산을 차곡차곡 늘려나갈 수 있었다.

그는 좋은 아들이었다.

처자식 굶기는 일 없어지자 가장 먼저 했던 일이 늙은 부 모 모시고 해외여행을 다녀오는 일이었다.

그는 좋은 후손이었다.

주머니에 돈이 쌓이자 빈 땅과 산을 사들였다. 미천했던 가문이라 선산이랄 것도 없었는데, 여기저기 점처럼 흩어져 있던 조상 묘들을 모아 이장했다. 그럴싸하게 문중묘지를 꾸 며 매년 제사를 지냈다.

그는 죽는 날까지 가족에게 좋은 아비였다.
평생 허투루 쓴 돈이 한 푼도 없었는데, 그걸 또 누구 하 나 소외되지 않게 고르게 나눠주었다.

훗날,
가족들이 그를 기리고자
그가 아끼던 훈장을
관에 함께 넣고 봉했다.

'명치 43년 한국병합기념장'

· 한 사람의 삶을 평가할 때, 무엇까지 함께 평가해야 할까?

86. 무해한 것은 없다

세상에 무해한 것은 없다.

고양이의 하품과 건초를 씹는 토끼. 듣기만 해도 좋지만, 실상은 히틀러의 군화나 진시황의 비녀 같은 거다. 존재의 단면과 입체감이란 건 시간 속에서 달라지는 달과 같다.

파르바티를 사랑한 거구의 비에른. 그는 그녀 앞에서 늘 자세를 낮춰 눈높이를 맞추었고, 그녀의 걸음마다 불편이 없도록 마음을 썼지만, 그가 들이쉬는 숨만큼 이산화탄소가 뱉어지는 건 어쩔 수가 없다.

파르바티 역시 비에른을 위해 잦은 연락을 취하고 아름다운 그림을 그렸는데, 그때마다 전기가 쓰이고, 숱한 나무와

물감이 소진되었다.

둘의 사랑과 생존이 과다한 탄소배출로 이어진다. 그렇지만 또 둘은 유기된 고양이와 토끼를 위해 자신들의 공간을 내어주는 이들이었고, 순간을 위해 오늘을 쓰는 이들이었다.

독재자가 없어도 민중의 독단으로 흐르는 세상. 이제 햇살 아래에서 둥글게 몸을 말아 잠을 청하는 고양이에겐 더는 내일이 없다.

유감스럽게도 사랑 덕에 식어버릴 수 없게 된 지구니까.

· 그렇다면 우리는 무엇을 어디까지 사랑해야 할까? 아니, 그걸 사랑이라 부를 수 있을까?

대구KBS1 TV[30]
라이브 오늘

15. 사랑의 경계

사랑을 다른 말로 어찌 쓰냐는 조카의 말에 수림은 냉큼 펜을 들었다.

'내가 너와 마주하는 시간, 내 일상을 함께 걷는 시간을 꿈꾼 날들이 있었다. 하나같이 빛나는 날이었다. 아픔과 슬픔이 찾아들어도 어쩌면 마주할 수 있을지도 모른다는 희망에 모든 게 아름다웠던 날들.

그래, 우습게도 미숙한 자는 인연조차 착각하는 법이지. 닿지 못할 상대에게 홀로 쌓아올린 감정과 기대. 모래성처럼 부서져도 이상할 게 없다. 내 마음과 네 마음은 단 한 순간도 맞물린 적이 없으니까. 익숙해진 기다림과 그리움으로 과연 무엇을 남길 수 있을까?

난,

나를 빚어 너의 배경이 되기로 했다. 어차피 내 걸음들은 이미 너로 다 물들어 있으니까. 이대로 네게 닿지 않을 거리, 다만 지켜볼 수 있는 거리에서 조용히 너의 일상을 지켜주고 싶다. 네 감정의 변화에 맞추어 나를 지우고, 너로 채우고 싶다.'

자신만만하게 온점을 찍었지만, 조카의 한마디에 넋이 빠졌다.

"삼촌, 스토커야?"

· 지금의 당신은 어떤 소원부터 빌어보겠습니까?

68. 첫인상

 수림은 그 여자와 이미 만난 적이 있었다. 그러니까 달이 아흔 번째로 색을 바꿨을 때쯤이었다.

 혈당 수치가 높아진 수림은 갈증이 심했고, 생수가 절실했었다. 그렇다. 당 수치 조절이 딱 필요했던 그 순간에, 여자가 나타났었다. 두 손 가득 짐을 들고 겨드랑이에 작은 생수통을 낀 채로

 갈증에 돌아버린 수림은 생수통에서 눈을 떼질 못했고, 여자는 대놓그 자신의 가슴을 노려보는 변태에게 욕을 아끼지 않았다.

 "안녕하세요."

그리고 다시 만난 그들의 어색한 인사. 서로를 정확히 인지하고 있었지만, 누구도 티를 내지는 않았다.

"스펙이 좋으신데, 우리 출판사에 지원하신 특별한 이유가 있으실까요?"

"집이 바로 앞이라서요."

여자는 건성으로 답했다. 어차피 사장은 변태였고, 자긴 그 변태에게 욕을 뱉느라 목에서 피맛이 날 정도였으니까.

"그럼, 지각은 않겠네요. 연봉은 이 정도면 될까요?"

여자는 순간 처음으로 수림이 변태가 아닐지도 모르겠단 생각을 했다.

· 오해 위에서 시작된 관계가 어디까지 멀리 갈 수 있을까요?

95. 냅둬

달이 눕지 않은 밤이다.

눅눅한 구름을 덮지 않고 허리에 두른 채 고개를 내민 달. 인간들의 소음에 평소보다 귀가 더 거슬렸던 건 여기저기서 쏘아 올리는 로켓과 미사일 탓이었다.

"이젠 잠도 없군! 하긴 태풍과 홍수, 폭염에도 악착같이 버티는 놈들인데, 지들끼리 주먹질이라도 해야 개체 수가 줄지. 아, 그냥 침대에서 내려가 두 걸음만 내딛을까? 그러면 이 벌레들이 정신을 좀 차리려나?"

피유우웅.

점점 더 뒤틀리는 달의 속내를 눈치 없는 인간들이 알 턱이 없다. 이번에는 로켓이 달의 턱밑까지 올라가나 싶더니 곧이어 보조로켓이 분리되었다.

달은 앵앵거리는 모기 대하듯이 로켓을 향해 휙휙 손을 내저었지만, 인간들의 로켓은 흔들림 없이 그대로 달을 지나쳤다.

그들의 목적지는 처음부터 화성이었던 것이다.

"뭐, 이런 놈들이 다 있어!"

달의 외침이 건너편 태양에게까지 닿았다. 달과 달리 태양은 느긋하기만 했다.

"냅둬, 인간들은 벌써 몇 만 년째 스스로 무덤을 파던 놈들이니까."

· 그럼, 정말 우리가 그간 보였던 많은 노력들이 부질없는 것들이었을까요?

34. 같은 표정

인류의 얼굴은 줄곧 같은 표정이었다.

기상 이변으로 생존 위협을 받았을 때도, 화성 개척에 열을 올릴 때도, 그곳에 정착하기 시작했을 때도, 늘 같았다.

"화성은 꿈도 꾸지 마."

마코토는 완강했다. 포기를 모르고, 욕망대로 의지를 관철하고자 하는 인류의 표정 그 자체였다.

"아버지, 우기가 희망이에요."
"아니, 거긴 낙오자나 가는 곳이다."

렌지는 질려버렸다. 여전히 20세기 방식으로 21세기를 버티려는 마코토. 아버지는 어째서 기회를 멀리 할까?

"가업을 이을 필요는 없다."
"가업이요? 이을 수만 있었어도 떠날 생각 따윈 하지 않았죠. 아니, 당장 라멘에 넣을 고명이나 있고요? 우리도 당장 겨우 캡슐이나 먹고 있잖아요! 아버지, 여긴 희망이 없어요!"

렌지의 절규에도 마코토는 굴하지 않는다. 인류의 표정이다.

"너야말로 돌아봐라. 성공한 사람들은 여전히 모두 지구에 있고, 쌀을 먹는다."

결국 등을 돌린 렌지.
그의 얼굴도 같은 표정이다.

· 희망은 정말 미래에만 있는 걸까요?

52. 제자리

달빛 아래에서 칼을 빼어든 소년.
바람이 불어와 칼끝에 닿기 전에 소년이 먼저 칼을 휘둘렀다.

"아서라. 기본도 안 된 녀석이 무얼 벨 수 있겠느냐?"

백발의 스승이 나타나 혀를 끌끌 찼다.

"칼은 평소에 어디에 두어야 하느냐?"
"…칼집 안입니다."
"왜 그래야 하느냐?"
"그야 칼날기…"

말을 마치기도 전에 스승은 소년의 머리를 후려쳤다.

"잘 아는구나. 칼이건, 새총이건, 활이건, 뭐든 무기는 제자리에 두는 이유가 바로 그런 게야! 시퍼런 칼을 휘두르며 검술을 펼치면 멋져 보이겠지만, 그건 어디까지나 네가 통제 가능할 때나 그럴 법한 소리지. 상대를 해하는 도구는 결국 그 존재만으로도 나에게 해가 될 수 있는 법이다!"

스승이 손에 든 지팡이로 소년의 가슴팍을 후려쳐 왔다. 놀란 소년이 반사적으로 칼을 들어 막았지만, 스승은 그대로 누르며 압박을 가했다.

막아선 칼이 점차 소년의 가슴팍으로 밀려들어 왔다. 시퍼런 칼날 위로 달빛이 부서졌다.

· 당신의 삶에서 아직 제자리에 두지 못한 칼이 있습니까?

28. 방치

"다들 이미 알고 있었잖아? 그런데 뭘? 그게 나 혼자서 어쩔 수 있어? 뭔가 크게 착각하는데, 대통령은 모두의 뜻을 취합하여 대변하는 존재지 신이 아니라고! 막말로 내 집에서도 꼴리는 대로 다 못하면서 살아."

사샤는 방아쇠 걸이에 걸린 손가락에 힘을 주었다. 당기기 위해서가 아니라, 당기는 걸 멈추기 위해서.

"그렇다고 경구동토가 다 녹아 무너지고 일이 이지경이 될 때까지 사리사욕만 챙긴 널 왜 살려둬야 하지?"

사샤는 총구를 들어 미간 중앙을 겨냥했다. 와중에도 마스크를 챙겨 쓴 상대가 미치도록 혐오스럽다.

"그럼, 전쟁이라도 해? 젠장! 초국적자본 기업을? 그들을 막아서면 각국에서 가만히 있겠어? 아니, 막았다고 치자. 망할 인간들이 하루아침에 소비를 멈출까? 누구도 자급자족의 시대로 퇴행하는 건 원치 않아! 망할, 넌 그냥 근본 없는 테러범에 불과해!"

탕.
결국 방아쇠를 당기는 힘이 이겨버렸다.

"그럼, 이번에는 네 죽음을 방치해 보자."

· 우리가 당장 방치하고 있는 것들 중에는 무엇이 있을까요?

71. 허기의 회로

　가난도 밈으로 소화되는 시대지만, 석태는 당장 밥 한 끼가 아쉽다. 마지막으로 먹은 게 언제였는지도 모른다.

　사정 모르는 사람들은 쉽게 말한다. 일을 하는데, 한 끼 사 먹을 돈이 없냐고. 정작 당사자는 바로 그 일 때문에, 일을 손에 놓지 못해 끼니를 놓쳐 미칠 지경인데 말이다.

　딩동.

　겨우 편의점 앞에 오토바이를 정차하는데 또 콜이 떴다. 무시해도 탓할 사람 하나 없지만, 무시했다가 마주할 대출 이자 납입일은 확실히 사람보다 무서운 법이다.

으르릉.

시동 걸리는 소리는 밀림의 호랑이가 따로 없다. 정작 스로틀을 감아 당기는 야윈 손은 창백하게 마른 나뭇가지 같지만 말이다.

후두둑.

눌러쓴 안전모 위로 빗방울이 몸을 던진다. 석태의 허기도 빗길을 핥는 타이어를 따라 감긴다. 그렇게 석태의 오늘이 마모된 타이어를 따라 짓이겨지고, 내일이 길 위에서 미끄러져 지워진다.

이번에도 남은 건 허기다. 시간은 매일 사라져 돌아오지 않았지만, 허기는 단 한 번도 떠난 적이 없었다.

· 내일을 팔아 오늘을 살았던 적이 있나요?

80. 적당한 글

로봇은 감정이 없지만, 훌륭한 학생이라 문제가 되질 않았다.

늘 인간을 관찰하고 학습했기에, 곧잘 희로애락을 흉내 내곤 했었다. 덕분에 연애편지 정도는 일도 아니었다.

'편지를 쓰는 동안 시간 안에 갇힌 기분이었어. 오로지 네 생각만 났으니까. 이제야 노을이 눈에 들어오네.'

화면에 활자가 전부 찍히기까지 1초도 걸리지 않았지만, 로봇은 한자리에서 조용히 가을을 담아낸 사람처럼 글을 썼다.

"고철 주제게!"

어디선가 절규하는 목소리와 함께 돌이 날아왔다. 딴딴한 몽둥이도 줄지어 나타났다. 로봇은 황급히 뒷걸음치며 글을 생성했다.

깜박깜박.
가슴팍 모니터에 궁서체로 글이 찍혔다.

"참담한 마음을 금할 길이 없습니…"

그날 이후로, 인간들은 영혼 없는 글이라며 로봇을 혐오했지만, 그렇다고 스스로 영혼을 울리는 글을 써내지도 못했다.

그저 이전처럼 적당한 글을 써서, 적당한 상대에게, 적당한 글을 팔고 있을 뿐.
하나같이 희로애락이 분명한 장사치들이었다.

· 당신의 글은 언제부터 판매를 전제로 쓰이기 시작했나요?

숨어서 대필도 했고 ⁹⁶
드러내고 대담집도 썼고

7. 이정표

도심을 지나 산길로 접어드는 좁은 샛길에는 이정표가 있다. 발이 묶인 채 평생을 살았지만, 그에겐 자긍심이 있었다.

"내가 있어야 사람들이 마을로 찾아가지."

날개 접고 쉬어가는 새들에게 이정표는 늘 당당히 말하곤 했다. 위로 곧게 뻗은 단단한 자세로 얼마나 오랫동안 자리를 지켰던가? 점점 녹이 쓸며 피부가 벗겨져 해가 내리쬘 때마다 화끈거렸다.

그때마다 이정표는 사람들이 찾아와 색을 덧칠해주는 상상을 했다. 얼굴빛이 환하게 바뀌면, 마치 새로 만들어진 것처럼 다시 굳게 자리를 지키리라. 그렇지만, 사람들은 소식이 없었다. 시커먼 차 안에 숨은 채 지나치기 바빴다.

그러니 예정된 비극이었다. 짐을 잔뜩 실은 트럭이 이정표의 안면을 박아버렸다. 자긍심이었던 화살표가 힘없이 구겨졌다. 그래도 사람들은 찾아오지 않았다. 이제 이정표는 남은 평생 고개를 숙인 채 살아야 했다.

새들은 차마 말할 수 없었다. 이미 오래 전에 그 작은 마을은 사라졌다는 걸.

· 그냥 내가 좋아서, 내가 필요해서 시작한 일에 사람들이 따라붙은 적은 없는가?

30. 굿값

　"무섭냐고? 굿값이라고 불렀을 금액을 모르니 전혀 모르겠는데? 원귀? 그런 거야 믿는 사람들 문제고, 난 귀신보단 매달 내는 전기세가 더 무섭거든."

　병오의 말에 방금 전까지 무서운 이야기로 졸아들고 있던 얼굴들이 활짝 펴졌다. 흔들리던 촛불도 다시 허리를 곧게 세웠다.

　"살면서 보지 못한 귀신보단 돈이 더 무섭긴 하지."
　"그럼, 최후의 승자는 무당이네? 퇴마도 하고 지갑도 채우고!"

　공포에 물들어 창백했던 얼굴들이 이젠 희희낙락 촛불보

다 밝은 빛을 낸다. 오히려 점점 얼굴이 굳는 건 병오였다.

"그런데 얼마까지 치를 생각이었을까? 뭐, 대충 억 단위로 넘어가면 자기 딸년보고 그냥 귀신이랑 한 몸에 살아보라고 하지 않았을까? 서울 아파트 한 채 가격이었어도 무당을 찾았겠냐고? 반대로 몇 천 만원에 퇴마가 된다면, 원귀의 한이 신형차 한 대 값이란 말인데, 내가 원귀면 당장 무당 모가지부터 비틀어버리지. 그깟 푼돈으로 합의가 말이냐?"

셈하느라 바쁜지 누구도 입을 열지 않았다.

· 우리는 언제부터 두려움에도 시세를 매기기 시작했을까요?

91. 별밭

인간들은 사랑이 판돈으로 걸리면 베팅에 한도가 없어진다.

"널 위해서라면, 하늘의 별도 달도 따다줄 수 있어. 못 믿겠어? 정말이야, 대낮이라도 상관없어!"

남자의 말에, 여자는 빙긋이 웃어 보일 뿐이다. 뻔한 허풍인지 알면서도 밉기는커녕 사랑스럽기만 하다. 아니, 오히려 막연한 기대감마저 생긴다. 그는 자신의 블러핑을 어떤 식으로 마무리하려는 걸까?

하지만 남자는 그날 이후로 별다른 행동이 없었다. 해가 지면 어두워서, 해가 뜨면 더워서 곤란하다고 실내에만 있으려 했다.

달뜬 마음은 금방 열기를 잃기 시작했고, 차가운 바람과
함께 계절이 변했다.

"자, 이제 별을 따러 가자!"

햇살에 단풍이 달궈지는 냄새가 담길 때쯤, 남자가 여자
의 손을 잡아끌었다. 바람을 따라 누운 억새풀들이 가리킨
곳, 그 끝에는 나이를 가늠하기 힘든 모과나무 한 그루가 있
었다.

푸른 하늘을 향해 내민 가냘픈 손가락. 그 끝에 매달린
탐스럽고 노란 별. 그녀의 눈앞으로, 발밑으로, 별밭이 펼쳐
졌다.

· 여러분은 사랑을 판돈으로 베팅해본 적이 있나요?

55. 택배

용궁에서 택배가 왔다.

초조함에 커터칼을 꺼내 들고 조심스레 박스를 갈랐다. 에어캡 위로 닿는 서늘함. 식은땀이 흘렀다. 조심스레 겉포장을 치웠다. 곰꼼한 포장이 오히려 조급증을 불렀다.

'지느러미 달린 놈들이 뭐가 이리 꼼꼼해?'

드디어 낡은 피리가 나왔다. 손떼가 잔뜩 묻어 둔탁하고 시커멓게 생긴 피리. 사람들은 그저 전설 속 보물로 기억하는 만파식적이었다.

'좋아! 이제 이것만 있으면 좀비들을 따돌릴 수 있다!'

조심스레 피리의 머리부분 구멍을 찾아 입술을 가져다 대었다. 그리고

퍼석.

힘주어 파지한 것도 아닌데 낡은 구멍이 바스러졌다. 다급히 숨을 뱉어 소리를 내어보았다. 갈라진 기분 나쁜 소리만 세어 나왔다. 절로 눈물이 흘렀다. 폰을 꺼내 급히 별주부에게 전화를 넣었다.

"그래? 중국산 짝퉁은 역시인 거네."
"뭐?"
"그럼, 어떤 모지리들이 지네 나라 보물을 택배로 보내니?"
"ㅅㅂ!"

통화소리에 몰려온 좀비들이 창밖에 들러붙기 시작했다.

· 그런데 택배는 어찌 온 걸까요?

12. 말, 그리고 거짓말

현주와 지여, 사쿠라와 아오이, 슈란과 하이윤, 애쉬와 라니, 올가와 옥산나, 안나와 에바, 사브리나와 밀라, 람란과 레나타, 데프네와 제이넵이 한낮 한시에 똑같은 거짓말을 했다.

서로 만난 적조차 없음에도 같은 마음으로, 같은 거짓말을, 같은 시각에 쏟아내니 인간들을 지켜보던 천사들은 몸이 굳었다. 긴장된 얼굴로 신을 찾은 건 오래지 않아 또 지라쿤과 퐁암, 엠마와 그레타, 영주와 하루카도 똑같은 거짓말을 쏟아내서다.

"아뢰옵니다. 다수의 인간 여자들이 한낮 한시에 똑같은 거짓말을 쏟아내었습니다. 그들을 단죄하도록 허락하여 주시옵소서."

신은 태평한 얼굴로 물었다.

"그녀들이 뭐라고 하더냐?"
"엄마는 배가 부르니, 네가 많이 먹으라고 하였습니다. 그
렇지만 그녀들은 사나흘 간 제대로 먹지 못한 여인들입니다."

천사들의 말에 신은 매우 곤란한 표정이 되고 말았다.

"모두 다 내 계획대로라 기쁘다만, 너희 모두를 가르칠 생
각을 하니 머리가 아프구나."

· 살면서 가장 적절했다고 생각된 거짓말이 있었다면, 그건
무엇일까요?

63. 주가 상승 중

"원래 그렇다니깐? 손에 쥐고 있는 돈보단 앞으로 더 쓸어 담을 수 있을 거란 기대감을 좇아간다고."
"옘병, 대체 무슨 소리인지."

따눕이 쿰탓의 말에 고개를 흔들고는 미지근한 맥주병을 들어 병뚜껑을 땄다.
뻥.
급한 대로 라이타를 이용해 날린 병뚜껑은 순식간에 치솟아 시야를 벗어났다.

"그래, 바로 이런 거야. 뻥! 하고 주가가 어느 순간 급등을 했다고 치자. 그럼, 개인투자자들은 어떻게 할까?"
"투자? 당장 오늘 끼니 때울 돈도 없는 내게 물은 게 맞아? 글쎄? 뭐, 올랐으면 좋은 거 아냐?”

“그래, 좋지! 근데 그 좋은 게 언제까지 이어질까?”

“몰라, 지 꼴리는 대로?”

쿰랏이 눈을 반짝이며 따눕에게 바짝 다가섰다.

“맞아! 어디까지 오를 지는 아무도 몰라. 그런데 대다수 바보들이 자기 욕심만큼 오를 거라고 믿거든! 그런 바보들 덕에 내게도 기회가 오고 말이야.”

어느새 쿰랏은 따눕의 어깨에 손을 두르고는 따눕의 손에 있던 맥주병을 들고 있었다.

· 혹시 여러분도 베팅하고 있는 중일까요?

100. 콩고기

고기와 콩그기는 엄연히 다르다.

맛과 향, 돋즙, 질감, 무엇 하나 같은 게 없다. 비슷해지기 위해서 무난히 몸부림을 쳤지만, 거기까지다. 콩고기는 고기가 아니다.

"그래서 어떤 게 고기인데?"

남자가 책상 위에 펼쳐둔 그림들에게는 눈길도 주지 않고 여자만 뚫어지게 바라보며 다가섰다.

"진품은 이쪽입니다."

"다른 건 불 것도 없어. 콩고기는 고기가 아냐. 결국은 빛을 이해하지 못한다니까? 질감도 달라. 프린트 결과물이 캔

바스의 질감을 어찌 재현해?”

　남자의 날 선 말에 여자는 ‘콩고기’들을 조심스레 챙겼다.

　“그래서 안 가져가실 건가요? 돈은 되잖아요.”
　“그래, 그 망할 돈을 더 줄 테니까 학습 시키란 말이야! 깨끗이 포맷된 놈에게 단케시의 그림만 스캔 떠서 학습 시키라고! 그럼, 빛과 공간도 훔쳐낼 수가 있어!”
　“말씀드렸지만, 저도 선은 지켜서요.”

　돈가방을 챙겨 돌아서는 여자의 등을 향해 남자는 나지막이 읊조렸다.

　“선? 인간이 선을 지켰으면 콩고기도 없었지.”

· 그가 말하는 ‘고기’의 기준은 대체 무엇일까요?

36. 타룬과 여우

난 기록된 이야기보단 기록되지 않은 이야기들이 좋다. 예를 들면, 환웅에게 청했던 건 곰과 호랑이만이 아니었고, 인간 중에도 짐승이 되길 바란 자들이 있었다. 그중에서도 여우와 함께 환웅을 찾아간 타룬의 이야기가 좋다.

어울려 일을 해야 먹고 사는 인간의 삶이 싫었던 타룬은 풀만 뜯고 사는 소가 되길 바랐고, 여우는 고상한 인간이 되고 팠다.

환웅은 타룬에게 백일 간 양고기를 먹으라 했고, 여우에겐 생강을 먹으라 했다. 둘은 같은 굴에 갇혀 석달 열흘을 약속했지만, 코름도 넘기질 못했다.

여우는 타룬의 양고기 냄새를 견디기가 괴로웠고, 타룬은 막상 소가 된다 생각해보니 새삼 고기 맛이 아쉬워졌다.

결국 이들은 함께 굴에서 나오게 되었다. 허기졌던 여우는 열 걸음도 옮기기 전에 타룬에게 달려들었다. 배가 부를 대로 부른 타룬은 이미 만사가 귀찮았다. 덥석 팔 한쪽을 그냥 내어주었다.

모호한 기록의 매력은 이쯤부터 피어난다.
이후 웅녀 탄생까지 틈새 간극이 백두에서 한라까지니까.

· 기록되지 못한 이야기가 보물이 될 수 있을까요?

8. 두부

샨티와 야샤는 허리를 곧게 폈다. 발밑에는 몇 달 전에 은행을 털어 챙겼던 돈가방들이 있었다. 샨티가 손에 쥐고 있던 삽을 던졌다. 야샤도 삽질을 멈추고 옆에 섰다.

"그거 알아? 한국에서는 죄인이 형량을 치르고 나오면 두부를 먹는데."

"두부?"

"죄인에게 이젠 죄를 짓지 말라고 눈처럼 하얀 두부를 먹인다는 거야. 새사람으로 거듭나라고."

"뭐, 잘 살아보라는 격려인가?"

"어제 뉴스에 나온 그 양반도 두부를 먹었겠지? 놀라지 마, 그 양반 자기 애비를 죽였데!"

"형편없는 아비였나 보네. 그래도 자기 애비를 죽이다니…

그런데 그런 사람도 두부를 먹어?”
　“웃기지 않아?”

　샨티가 허리를 굽혀 돈가방을 꺼내 들었다.
　퍽.

　야샤의 삽이 샨티의 뒷통수에 꽂혔다.

　“나도 두부 하나면 될까? 분명 신은 용서하지 않겠지. 그런데 너도 형편없는 형이었잖아. 신은 너도 용서하지 않을 테니까, 괜찮아.”

　가방을 꺼낸 자리에 샨티를 눕혔다. 딱 맞아 떨어졌다.

· 용서를 상징하는 관습은 누구를 위한 장치였을까요?

65. 창과 방패

뭐든지 뚫을 수 있는 창과 모든 걸 막을 수 있는 방패를 파는 장사꾼이 있었다.

나그네가 그 둘을 부딪치면 어찌 되냐고 물었고, 장사치는 기다렸다는 듯이 답했다.

"분명 창든 모든 걸 꿰뚫을 수 있고, 방패는 모든 걸 막아낼 수 있습니다. 하지만 둘의 충돌은 일어나지 않을 겁니다."

"어째서?"

"창과 방패 모두 대단한 능력을 지녔다고는 해도 그건 사용자의 무위와 정신이 뒷받침 되어야 하기 때문입니다."

문수림의 500자 소설

"그럼, 결국 심신이 더 강한 자가 집어 든 무기가 이겨내지 않겠소?"

장사꾼은 단호하게 고개를 내저었다.

"절대 아닙니다! 그런 경지에 이른 이들은 결코 무기를 함부로 들지 않으니까요. 성능을 시연하고자 창을 들어 찌른다? 결국 사람이 죽어나갈 게 뻔하니, 창을 들지 않을 겁니다. 방패도 마찬가지. 내려치는 창칼의 가치를 알아 들지 않을 겁니다."

듣고 있던 나그네가 호탕하게 웃어젖혔다.

"창과 방패는 몰라도 자네 혀는 대륙 제일이 틀림없군."

· 힘은 언제 내려놓아야 할까요?

93. 소르 면!

소동의 시작은 아이슬란드에 찾아온 모기 한 마리였다.

정체 모를 녀석이지만 근성 있는 놈이었다. 빙하의 찬바람에도 입이 돌아가지 않은 녀석이 마그뉘스의 뺨을 물어 순식간에 피를 빨았다. 깜짝 놀란 마그뉘스는 얼음덩어리를 뺨에 대고 문질렀다. 잦은 과음으로 잘려진 기억에 입술이 떨려왔다.

'전염병인가? 대체 뭐지?'

그런데 아내 비르나의 생각은 달랐다. 병이라고 하기엔 너무 얌전했다. 가려운 부위는 번지지 않고 붉고 작게 솟아 있을 뿐이었다. 그러나 따끔, 비르나도 목 뒤가 가렵기 시작하면서부터는 완전히 달라졌다. 두 부부는 서로를 끌어안고 덜 덜 떨기 시작했다.

이틀 뒤.

부부는 마을에서 가장 가방끈이 긴 에이날을 찾아갔다. 마그뉘스는 조심스레 감싼 티슈를 꺼내 에이날에게 보여주 었는데, 거기엔 손바닥에 터져죽은 모기의 사체가 미라처럼 누워있었다.

"소르 민!"

마을의 모두가 이상기후의 심각함을 토로했지만, SNS를 보면, 유감스럽게도 아직은 아이슬란드만의 문제인가 보다.

· 소르 민(Þór minn)은 "Oh my God!"쯤에 해당되는 북유럽식 감탄사. 직역하면 오, 나의 토르 신이시여! 정도입니다.
현대 아이슬란드는 보통 기독교의 영향으로 Guð minn(구드 민, 나의 신이여)을 주로 쓰는 편이지만, 여기서는 보다 더 북쪽에서 오래전부터 살아오던 원주민 느낌을 주기 위해 북유럽 신화적 맥락의 감탄사로 작성해봤습니다.

수림스튜디오 홈페이지도 만들었다

45. 국경

애써 달려왔지만, 기다리고 있는 건 높다랗게 쌓아 올린 방벽이었다. 다리에 힘이 풀려 주저앉은 마누엘에게 나귀 위에 올라탄 남자가 천천히 다가왔다. 배가 어찌나 나왔는지, 나귀가 걸음을 뗄 때마다 당장이라도 엎어질 것 같았다.

"국경을 넘으려고? 왜? 관리라도 죽였어?"

마누엘의 모든 신경이 순식간에 허리춤 뒤에 숨겨둔 단도로 향했다.

"요점만 말하지. 방법이 있어. 아주 간단해. 가진 걸 다 털어서 내게 주면 된다. 그럼, 넘을 수 있는 방법을 알려주마."

국경을 넘을 수 있단 말에 마누엘이 고개를 들어 남자를 올려다봤다.

"일 없소."
"혼자서는 무리일 텐데?"
"그렇다고 남에게 미래를 넘길 수야 없는 법이죠. 어머니가 그랬어요. 내가 급할 때, 가장 듣고 싶은 말을 하는 이를 항상 조심해야 한다고."

순간 남자의 인상이 험악하게 구겨지나 싶더니 구겨진 뱃살 밑에서 날이 시퍼런 손도끼가 나타났다. 때를 맞추어 마누엘의 단도도 마중을 나왔다. 둘의 칼날이 찰나를 찢었다.

· 당신이 사기꾼이라면, 누구에게 가장 먼저 접근해볼 생각인가?

24. 작가의 길

절망과 실패가 수림을 찾아왔다. 이미 제법 괜찮은 우주를 몇 개 빚어 빛과 어둠이 공존하게 했지만, 그것만으론 턱없이 부족했기 때문이다.

"역시 사람들은 네 작품을 원치 않아."
"초콜릿을 원하는 이들에게 칡뿌리를 권하니까."

수림은 절망과 실패가 나누는 이야기를 묵묵히 들었다. 애써 만든 우주들이 빛을 잃으며 으스러졌고, 공간은 점차 줄어 결국 처음 들어섰던 문만 남게 되었다.

"남들을 보라고. 네 전체 조회수가 그들의 댓글 하나 조회수보다도 못해!"

「그런 거로 자신의 주제를 아는 것도 재능이라니까. 얘는 그냥 재능이 없어!"

수림이 손을 들어 문손잡이를 잡았다. 절망과 실패가 환호성을 질렀다. 그러자 수림도 따라서 웃어 보이더니 다시 등을 돌려 빛을 빚기 시작했다.

「괜찮아. 불안하면, 불안을 쓰고. 좌절이 따르면 우울을 노래하는 가사를 쓰기로 했으니까. 그게 작가의 길이잖아. 더 나은 이야기만 쓸 수 있다면, 아니, 당장 너희부터 써보자!"

· 쓰고 싶어서 쓰고 있습니까, 써야 해서 쓰고 있습니까?

82. 닳지 않은 만두

그들은 모드 만두를 원했다.

살면서 몇 번 먹어본 적도 없으면서 조금의 망설임도 없이 감히 욕망했다. 분명, 그건 기이한 식탐이었다.

시작은 페테리코의 한마디 때문이었다.

"만두 먹고 싶다."

툭 던지듯 뱉은 한마디에 니콜라이는 반죽 피가 열기에 부풀어 오르는 걸 떠올렸고, 수잔토는 노란 기포가 튀어 오르는 기름솥을 떠올렸다.

"맛있겠다!"

수잔토는 바삭한 군만두를, 니콜라이는 찐만두를, 페더리코는 양념에 비벼진 만두를 각각 떠올렸지만 신기하게도 대화가 이어졌다.

"육즙이 잔뜩 흐르겠지?"
"그게 뜨거울 수도 있으니 적당히 식혀야 해."
"한 입에 하나씩, 단번에 해치우면 그것도 곤란할 거야."
"물론이지! 뒤돌아서면 금방 또 생각날 텐데, 아껴 먹어야지."

각자의 머릿속에서 저마다의 만두가 빚어지고, 씹히고, 혀에 녹고, 다시 속이 채워지길 반복했다.

닮지 않은 만두.
셋의 생각이 유일하게 일치하는 건 그들에게 당장 돈이 없다는 것.
당장 한 닢이 너무 아쉽다는 것.

· 그들이 원한 건 정말 만두였을까요?

59. 커피테이블

“목요일에 입국한다더라.”
“하필?”
“평일이 비행기 표가 싸잖아.”
“그런데 한국 떠난 게 언제였지?”
“1년? 1년 반?”

테이블 하나를 사이에 두고, 우린 그가 떠난 시간을 더듬으며, 그 시간 동안 우리의 일상은 어땠는지에 대한 이야기를 나누었다. 각자의 손에 들린 원두커피만큼이나 비슷한 색, 비슷한 맛

“그런데 이번에 가족들이랑 다 같이 들어오나 봐. 애들도 방학이라서 같이 온다고 하더라고.”

"애들도? 애들은 좋겠네. 친구들이 다 여기 있잖아."
"애들이? 그럴까?"

우린 분명 같은 사람과 그의 가족에 대해 말하고 있었지만, 그 부분에 대한 생각은 각자 앉은 의자의 위치만큼이나 달랐다.

"애들은 이제 거기가 더 편하지 않을까?"
"그래도 말이 편하게 통하는 친구는 이쪽에 있지 않을까?"

우리 사이에 놓인 커피 테이블은 딱 적절한 사이즈다. 우리의 생각은 딱 그만큼 좁혀지지 않은 채로 다음 이야기를 찾는다.

· 당신이 먼저 선을 넘었다고 느꼈던 사건들이 있을까요?

14. 당장 내일

끝나지 않는 여름. 역대급 슈퍼문이 떠오른다는 뉴스에 사람들은 폭염을 뚫고 서둘러 달 마중을 나왔다.

장기이식을 대기 중인 범석이는 어린 나이에 이미 투석 치료에 지쳐있었다. 범석이는 신장을 원했다. 몸이 불편한 나영을 홀로 키우고 있는 할머니는 나영이보다 단 하루만 더 살게 해달라고 빌었다. 현수는 은퇴한 부모를 위해 취업을 바랐다. 누구도 악한 마음으로 달을 올려다보지 않았다.

옥토끼들은 새벽빛에 달이 으스러질 때까지 밀려오는 소원들을 분류하고 정리했다.

"올해도 여전하네."

“다들 이틀 뒤보단 당장 내일이 걱정이니까.”

“이러면 또 상제님은 다음으로 미루시겠네?”

“그래, 모두의 우선순위가 되기 전에는 절대 꿈쩍도 안하실 테지. 하, 인간들도 대단해. 덥지도 않나? 이 정도면 지구를 위한 소원을 바랄 법도 한데 말이야. 여전히 다들 당장 버티기조차 팍팍한가?”

달이 멀어지자 옥토끼들도 붓을 내려놓고 짐을 챙겼다. 조금도 아쉬워하는 기색 없이. 서둘러서.

· 지금의 당신은 어떤 소원부터 빌어보겠습니까?

85. 만주를 다녀온 사내

　강원도 춘천에 살던 박씨가 팔자에 없던 모래바람까지 뒤집어쓰며 남만주로 달려간 건 오로지 굶고 싶지 않아서였다.

　하지만 선로대로 굴러가는 건 열차뿐이다. 삶은 어디로든 튀어버리기 마련.

　박씨는 뼈만 남을 때까지 부려지다 쫓겨나고 말았다. 게다가 스페인 독감마저 품고 내려와서는 부모와 처자식까지 저세상 문턱을 밟게 했다.

　"다 꿈이었제. 쪽바리들이 만주국 세운다디 북경 근처도 못 가봤어. 그라는디 거까이 길이나 닦던 개미가 무신 재주로 돈을 벌겠나."

문수림의 500자 소설

박씨는 그렇게 굽은 등과 사는데 그다지 필요하지 않은 황무지에서 돌 나르는 법만 얻어왔다.

"세상이 부족한 기 아이야. 사람이 부족하니 부족한 눈으로 봤는 기야. 그러이 신기루나 들어오는 기야."

모래바람 덕에 살과 피가 패인 박씨가 갈라진 혓바닥을 달싹였다.

"거 물이나 한잔 주시라. 그런데 만주 다녀온 사람 이야기를 듣고서 포와 이야길 쓸 수나 있갔소?"

가만히 이야길 기록하던 수림이 펜을 놓고 물을 챙겨 건넸다.

· 포와는 그 시절 말로 하와이를 뜻합니다. 여기서는 일제강점기 시절에 당장 먹고 살기 위해서 하와이로 떠나야 했던 이민 1세대들을 말하고 있죠.
이와 관련된 자세한 내용이 궁금하다면, 이금이 작가의 장편소설 『알로하, 나의 엄마들』을 참고하시길 바랍니다.

47. 왕자와 공주니까

바뀐 것 없이 해가 졌습니다.

공주는 놀랄 수밖에 없었죠. 왕자를 만나 키스를 나누게 되면, 모든 일이 다 잘 풀리고 행복한 삶을 살게 되는 줄 알았으니까요. 그렇지만 여전히 왕국은 폐허와 다름이 없었고, 자신의 드레스는 여전히 농민들의 앞치마와 크게 다를 바가 없었습니다.

"어째서죠? 마녀의 저주가 이토록 지독하다니! 아님, 당신은 왕자님이 아니신가요?"

"그게 무슨 말이요? 나를 따라온 기사와 말들을 보시오! 왕국의 존엄한 자가 아니면 두르지 못할 칼과 갑옷은 어떻고? 아니, 그렇게 말하는 네 년이야 말로 공주로 변장한 마녀가 아닌가? 이런 요망한 계집!"

왕자는 다짜고짜 칼을 뽑아 들었습니다. 공주는 놀라 벌러덩 자빠지고 말았죠.

아, 가련한 청춘들!
왕자는 떠나오기 전 공주라는 조건만을 들었고, 공주도 마지막으로 저주를 푸는 조건만 새겨들었던 거죠. 맙소사 그들은 만나기만 하면 저절로 사랑이 이루어지는 건줄 알았던 겁니다. 그저, 왕자와 공주니까!

· 기본적인 조건이란 것의 기본은 과연 모두에게 기본적인 것일까요?

여백은 미완의 서사를 그립니다─────

75. 럭비공

그가 늘 불편했다. 그는 어디로 튈지 모를 럭비공이다.

"그러니까 긴생을 마라톤에 비유하는 것만큼 끔찍한 것도 없다니까!"

아니나 다를까, 오랜만에 모두가 모인 자리에서 그는 또 열변을 토했다. 분명 시작은 시험에 낙방한 쟈닛을 위로하는 따스한 말이엿다. 혜숙이 어차피 인생은 마라톤이라고 말하자마자 그가 난입하면서 분위기는 엉망이 되고 말았다.

"젠장, 마라톤도 결국엔 정해진 노선을 따라 뛰는 거잖아? 그런데 두리 인생에 정답이 있어? 그냥 시험이었어. 결과가 안 좋을 수도 있지. 주변을 둘러보고 다른 걸 하면 그건 또 어째서? 왜 니들은 쟈닛이 시험 한번으로 실패한 사람이 된 것처럼 어설픈 위로들을 해? 쟈닛, 꼭 길 따라 걸을 필요 없어. 옆으로 빠져서 옥수수 밭을 가로질러도 그만이라고."

또 같은 패턴이다. 분명 그의 말은 우리에게 때때로 영감을 주기도 했지만, 보통은 우리 전체를 부정하고 바보로 만드는 식이었다.

그가 좋은 놈일 진 몰라도 분명 그 혀는 냄새가 났다.

· 위로는 언제 충고가 되고, 충고는 언제 폭력이 될까요?

5. 삼켜진 갈

노부부의 손이 허공에 맞닿아있다. 두 사람의 지난 시간이 결코 녹록치 않았음을 주름에 파묻힌 자잘한 상처들과 거칠어진 두 손이 대신 말해준다.

남편은 아내의 입에 귀를 가져다 댄다. 끊어질 것 같은 숨소리 사이로 조합되지 않은 단어들이 올라서려 하지만, 쉽지 않다. 마지막 갈들이 입구멍 안으로 자꾸만 되들어간다.

ㅊ, 처, 어, 처엇.

아이들의 이름마저 잊어버린 노모는 배 아파 낳았던 순서대로 애들을 떠올리지만, 죽음은 냉정하다. 조금도 기다려주지 않았다. 지난 세월에 눈물샘마저 다 마른 탓에 노인은 눈물조차 흘리지 못했다. 격해진 감정에 턱만 벌어지고, 마른 눈만 붉어졌을 뿐.

　그는 이후로 죽음을 맞이하는 순간까지 아내의 마지막을 떠올렸다. 둘은 반세기가량을 한 이불 속에 살아 죽음에, 죽음으로 답할 만큼 애틋했지만, 삼켜진 말에 대해서는 온갖 추측만이 가능할 뿐, 알 수는 없었다.

　여편네, 설마 애들 이름을 잊었을라고. 그렇게 의심조차 않았다.

· 살면서 끝내 전해지 못했던 말이 있었나요? 혹시 그럼, 당신은 그 말의 무덤을 만들어주었나요?

50. 말로는 안 된다

"그람, 경부선 철도는 누가 했디노?"

"그기야 먹그 살라꼬 다 민초들이 했지. 뭐, 쪽바리들이 넘어와서 노가다를 했겠나?"

"그람, 철도 사업을 어떤 누가 제안했고, 그 자본 출처는 우찌 되나?"

"마, 그렇게 치면 그 시절 견딘 사람은 다 친일이가?"

"니 빡아가? 그마이 가려내기 힘들다고 안카나. 기준을 잘못 세우면, 검한 사람까지 다 나가리인기라. 그걸 빌미로 또 미꾸라지 맹키로 다 도망갈끼고."

"억수로 갑갑허네!"

"그러이, 역사가 심판한다 같은 말은 다 똥인기라. 그때, 그 시절에, 그 현장에서, 다 모가지 쳤어야 해! 안하고 냅둔 채로 사니까 다 꼬있잖아!"

"글타고 그 혼잡한 시절에 그기 어디 쉽나? 양키들도 와
서 보고는 행정하던 것들이 행정해라 했는데? 고마 다 똥인
기라!"
"그케가 카잖아. 말로는 안 된다카이. 단디 챙기왔제?"
"하모!"

시커먼 사내 둘이 훼손된 소녀상을 돌본다.
낙서를 지우고, 쓰레기를 치우고, 조용히 목도리를 채워
준다.

· 말로 해서 어쩔 수 없는 상대를 어떻게 대하여야 옳은 걸까요?

96. 작가와 작가

얼지 않는 하늘.

12월이지만 이스탄불의 하늘은 습기만 고요히 떠있어 계절감이 흐릿하다.

토를가는 비쩍 마른 몸이 되어 우울만 조금씩 불려가고 있다. 몇 년째 기완의 장편소설을 쓰고 있는 탓이다.

딱히 독자- 없음에도 그는 늘 꼬박꼬박 써내려간다.

반면, 이즈미르에 살고 있는 친구 율루는 아랫배가 튀어나왔다. 이미 몇 년 전에 소설집 하나를 출간한 이후로 어렵게 집필에 몰입하기보단 다양한 활동으로 이름을 알리고 있는 중이다.

둘은 자주 통화했고, 그때마다 자신의 이야기간 했다.

"너도 일단 완결부터 내야지. 그래야 다른 이야기들 중 하나가 터져서 생활이 될 거 아냐?"
"돈을 셈하는 순간, 상상력이나 인식이 모두 그쪽으로 매몰 될 수가 있어. 그러면 다양한 글을 쓰기 어렵지 않을까?"

서로를 자극할 만한 말들이었지만, 누구 하나 조금도 타격을 받진 않았다. 둘은 서로를 작가라고 생각한 적이 없었기 때문이다.

유감스럽게도 둘을 아는 이들은 모두 작가라 불렀음에도 말이다.

· 작가와 저자라는 구분에 이어 작가호소인이란 말까지 돌고 있는 요즘. 이런 구분에 대해 여러분은 어떻게 생각하나요?

21. 유효기간

철없는 공즈와 결혼 같은 건 바란 적도 없었고, 금은보화도 의미가 없었다. 그저 명예로운 보상만을 바랐다. 그러니까 용사에게 배신이나 독살 같은 건 상상조차 해본 적 없던 일이었다.

"하늘 아라 두 태양? 흥! 구원자 같은 건 황제에게 짐일 뿐이야."

배신자 도티스가 쓰러진 용사 옆에 앉았다. 마왕의 목을 벤 덕에 세상은 여전했지만, 여전한 덕에 용사와 동료들은 죽음을 마주하게 됐다.

"너흰 좋은 녀석들이야. 다만, 터무니없이 강한 게 문제지. 그래도 다행히 인간이니까 말이야. 맹독 앞에서는 다 무의미하니 얼마나 다행이야? 마지막에 구질구질해질 게 없잖아. 그럼, 잘 가게.”

세상의 구원자는 세상을 구할 때까지만 쓸모 있는 법. 단순한 진리였지만, 전장만 누벼온 용사는 알지 못했다. 마왕만 처치하면 모든 게 순리대로 이루어질 것이란 기대는 한낱 환상에 불과했다.

‘아, 한 번 더 기회가 있다면…’

적막이 날아들었다.
용사의 마지막 바람은 어디에도 닿지 못하고 부서졌다.

· 다른 동료들은 용사를 믿었을까요? 그들 사이에는 정확히 어떤 감정들이 흘렀을까요?

60. 아이들

아이의 눈으로 보는 세상은 다른 법이죠.

나도 동의하는 바였다. 고개를 끄덕이며 그의 눈을 들여다봤다. 그는 지쳐 보였지만, 마음을 바꿀 생각은 없어보였다. 곧은 눈빛으로 나를 올려다보며, 천천히 말을 이어갔다.

아이들은 선악을 모르죠. 그저 사랑 받는 길을 택할 뿐. 용사나 히어로가 어떤 중압감 속에서 살아가는 줄도 모른 채 그들이 주인공이란 이유로 응원하고, 흉내 내고, 그들을 본 딴 장난감을 옆에 끼고 살죠. 그러니

아이들은 지켜져야죠.

내가 그의 말을 잘랐다. 동의하는 건 딱 거기까지였다. 그러나 그는 아랑곳하지 않고 옅은 비웃음을 흘리며 말을 이어갔다.

그러니 아이들은 불필요한 겁니다. 선악조차 구분 못하고, 정의의 가치도 모르고, 조막만한 장난감에만 집착하는 것들! 이미 우린 굶주림에 지쳤어요. 땅도 적고, 식량도 부족하고, 그런데 아이들 숫자는 줄지 않죠. 별 수 있나요? 처단해야죠.

망설임 없이 방아쇠를 당겼다. 총성과 함께 내안의 방벽도 허물어지고 말았다.

· 당신이 가장 지키고 싶은 건 무엇인가요? 그것을 지키기 위해 무엇이 필요할까요?

완벽을 향하는 도전 과정은————

31. 문

문이 만들어졌다.

말은 할 수 있어도 생각하지 못하고 감정표현만 가능한 특이한 문이었다.

"오늘 날씨 좋지 않아?"
"맞아, 하늘이 아름답네!"

사람들은 오고가며 문에게 말을 걸었다. 덕분에 사람들은 지루하거나 외롭지 않았다. 문은 어땠는지 몰라도.

"점심은 뭐가 좋을까?"
"몰라! 난 못 먹는다고."

오래지 않아 문은 친절함을 잃었다. 어째서인지 늘 화가 나 있었다. 더는 누구도 문에게 인사하지 않았다.

문은 금방 낡아버렸다. 기름칠하지 않은 경첩은 삐걱삐걱 소리를 냈다.

하루는 그런 문에게 낯선 여인이 다가와 말을 걸었다.

"맞은편의 문이 네가 보고 싶데."
"맞은편? 거기도 문이 있어? 나 같은?"

그 후로 문은 생각을 하게 되었다. 조금이라도 더 좋은 말을 맞은편 문에게 전해주고 싶어서. 덕분에 문은 다시 사람들에게 말을 걸기 시작했다.

지켜보던 여인은 바닥에 분필로 문을 그렸다. 엉성하게.

"뭐, 누구도 손해 보지 않았으면 된 거 아냐?"

· 만나기 전부터 긴장된 적이 있었나요?

89. 선택

비릿한 웃음으로 가릴 수 있는 건 생각보다 많다. 예를 들면, 뒤틀린 인성 같은 것들 말이다.

"학력이나 직업 따위는 문제가 아냐. 나보다 머리 나쁜 놈을 한눈에 구분하고 털어먹을 수 있느냐가 핵심이지."

쯔신은 잔을 채우며 말을 이어갔다.

"똑같이 의대, 법대를 나와도 연봉이 다른 건 왜 그럴까? 다 머리가 굳어서야. 부모가 시키는 대로 지식만 산처럼 쌓은 거지. 나를 봐 고졸이야. 그런데 보시는 바와 같지."

슈밍은 굳게 침묵으로 답했지만, 쯔신은 조금도 개의치

않았다. 그의 관심은 오로지 자신이 꺼낼 다음 말과 행동, 선택에만 고정되어 있었다.

"집중해. 너보다 똑똑한 인간들은 지천에 널렸어. 헌데, 너보다 바보는 더 많지! 그러니 얼마나 멋진 세상이야?"

쯔신이 술잔을 채워 슈밍의 앞에 두었다. 그게 쯔신의 선택이었다.

"마셔. 그리고 고정관념과 양심 따윈 뒷간에서 확인해."

슈밍은 잔을 들며, 조용히 물었다.

"그럼, 아직 누구한테도 안 들킨 거야?"

· 여러분은 들켰나요, 아직 인가요?

11. 없는 거 없다

편의점은 없는 게 없다. 좁은 공간이지만, 각종 생필품을 빼곡하게 진열해 둔다. 거기에 친절함은 덤이고, 제휴사 포인트 사용과 적립은 보너스다. 찾아드는 손님도 각양각색이다. 다양한 직업군의 남녀노소가 드나드니 그곳에서 사랑이 피어나고, 갖가지 감정이 부수물로 따라오는 건 자연스러운 현상이다.

"혹시 남자친구 있으세요?"
"어머, 오징어가 말을 하네?"
"네? 있다고요?"
"없지만, 알려줄 연락처도 없네요."
"네? 폰 없으세요?"
"어머, 오징어가 눈치도 없네."

일방적이었던 애정이 혐오로 변하고, 혐오는 다시 혐오르
되돌아온다. 물론, 편의점에서는 그런 악순환의 고리를 끊
는 아이템도 있다. 최근 점주들로부터 선풍적인 인기를 끌고
있는 획기적인 아이템이 하나 있는데, 바로, 무인 계산기다.

여전히 안내 음성은 친절하고 계산도 똑 부러진다. 고백
공격으로부터 철통 방어는 물론, 인력 수급의 어려움도 없다.

정말, 편의점에는 없는 게 없다.

· 편의점에서 제발 팔아줬으면 하는 게 있을까요?

66. 닿는다는 말

꽃집을 한다는 건 손님들과 생을 나눈다는 말이다. 뉴욕의 클라라는 지난 한달 졸업식과 입학식 시즌을 보내며 기쁜 얼굴의 손님들을 맞이했다. 손님들이 떠난 자리에 남은 달러를 헤아리는 기쁨보다 그들이 남기고 간 미소가 달콤했던 한 달이었다. 그렇지만 생은 그리 단순하지 않은 법. 지난 한주 동안 그녀는 세 번의 장례식을 위해 꽃을 준비해야 했다.

SNS를 접속한다는 건 누군가의 감정을 전달 받는 것이다. 대만의 대귀는 클라라의 피드를 보고 낯모르는 금발 백인의 주검과 그가 떠난 자리를 위해 꽃을 다듬는 클라라를 떠올리며 죽음의 이미지에 젖어들었다.

커피를 재비한다는 건 누군가에게 닿는다는 말이다. 에티

오피아의 페투가 재배한 커피가 여러 사람의 손을 거쳐 한국의 수림에게 닿았다. 수림은 클라라에게 위로의 댓글을 달았고, 대위에게 곧 대만으로 여행을 갈 거란 메시지를 남겼다.

그리고 드립커피를 내리며 에티오피아의 장례식장에서 사람들이 커피를 마시는 모습을 떠올렸다.

· 우린 오늘 누구에게 닿았을까요?

초기와 중기, 그리고 현재 시점의————

20. 물을 나눠줬죠

기차는 지그를 벗어나고 있었다. 생존을 위해 떠나는 사람들 틈에서 닻쿰 만이 들떠 있었다.

"젠장, 지긋지긋 했던 바다도 이젠 안녕이군."

맞은편 사내가 묻지도 않은 그의 고향과 산맥에 대한 이야길 했다. 이키 계절을 잃고 바다에 허리까지 잠긴 산맥. 영혼이 부서진 사람의 작별 대상으로 그만한 것도 없다.

"형씨는 미련이 전혀 없는 얼굴이군?"
"네, 친구를 만날 거라서요."
"친구? 그곳에 친구가 있다고?"

얏쿰은 일부러 말을 아끼며 고개만 끄덕였다.

"가면 만날 수는 있고? 대체 무슨 죄를 지었는데?"
"...물을 나눠줬죠."

남자가 순간 벌떡 일어섰다. 시선이 경멸로 빼곡히 차올랐다.

"정상인이 마실 물도 부족한데, 그걸 나눠줬다고? 완전히 미쳤군!"
"세상이 이 꼴이 되었다고 생명의 무게가 달라졌을까요? 전 친구가 자랑스럽네요."

얏쿰은 고개를 돌렸다. 역시 인간은 답이 없다. 기차는 지구를 벗어나고 있었지만, 인간은 여전히 제자리걸음이었다.

· 저 기차의 종착지는 어디일까요?

99. 무게의 기준

그램, 밀리그램, 킬로그램은 양반이다. 파운드, 톤, 캐럿, 온스, 슬러그 등등. 인간들은 무게를 표현하는 것 하나조차 뜻을 모으지 못한다.

"어이가 없죠. 산부인과 의사도 듣더니 콧방귀를 뀌던데요?"

미랭다는 특유의 과장된 몸짓과 함께 유창한 한국어를 쏟아냈다. 그녀가 낳을 아기는 분명 온두라스 말보단 한국어를 더 빨리 배울 테다.

"그런데 보험사가 자기네 기준에서 몇 그램 차이가 난다고 가입을 거절해?"

"네, 그래서 태아보험 못 들었어요! 남편이 우리 가난해서 보험 중요하다 했는데!"

나는 가만히 고개를 끄덕였다. 커피는 이미 식어 있었다. 혀끝에는 쓸쓸함만이 묻어났다. 삼켜지지 않는 미안한 감정. 내가 보험사 직원이 아닌데도 괜히 변명이 튀어나왔다.

"아무래도 보험사는 영리 추구를 해야 하니까?"
"영리? 왓 영리?"

파운드, 톤, 캐럿, 인간들은 무게를 표현하는 것 하나조차 뜻을 모으지 못했으면서 뭐든 돈으로 기준을 삼는 건 어찌 그리 단합이 잘 될까?

· 뭐든 돈으로 환산이 가능하다면, 영혼의 가치는 그 기준이 어떻게 될까요?

57. 같은 날의 두 사람

같은 날 태어나, 같은 날 죽음을 맞이하는 남녀가 있다.

남자는 대륙의 황제, 여자는 황궁에서 며칠을 달려야 닿을 수 있는 산골의 농부였다. 물론, 죽음 앞에서는 그런 계급 따위 아무런 소용이 없다. 둘 모두 이젠 눈을 뜨고 있기도 힘들어진 육신. 죽음보다는 죽음 이후 남겨질 이들이 염려되는 부모였다.

남자는 백성들에게 성군으로 불리웠지만, 귀족들에겐 최악의 권력자로 불렸다. 그는 자신이 눈 감고 나서 펼쳐질 비극이 빤히 보여 신경이 더욱 가늘어졌다. 반면, 여자는 가진 거라곤 간신히 버티는 움막과 작은 텃밭, 낡은 농기구가 전부였다. 그녀는 자신이 눈 감고 나서 펼쳐질 굶주림이 빤히 보여 몸이 납덩이처럼 무거워졌다.

그들은 마지막 자세마저 똑같이 취하고서 같은 유언을 남겼다.

"인생이란, 결국 사랑 하나를 가꾸기 위해 한 평생을 버티는 것이다."

그렇게 아끼는 이들을 위해 헌신했던 남녀가 동시에 눈을 감았다. 남겨진 이들의 슬픔도 그 무게가 모두 같았다.

· 지금, 사랑을 가꾸고 계신가요?

13. 신이 있는 것처럼

사각테이블의 모서리가 맞부딪힐 때보다도 더 불편한 대화가 식은 커피를 타고 흘렀다.

"신? 웃기지도 않은 소리."
"보이지 않는다고 다 없는 건 아냐."

냉소적인 구신론자와 강경한 유신론자가 만났다. 분위기가 좋은 방향으로 흘러갈 리 없다.

"대체 신이 인간을 사랑한단 근거가 뭐야? 세상이 온통 고통으로 가득한데?"
"인간 기준으로 신을 재단하면 곤란해."
"아니, 그 발상 자체부터 지나치게 인간적이야!"

그들은 그렇게 인간의 원죄와 사후세계, 삶의 목적성고-
신이 추구하는바 따위를 쉼없이 토해냈다. 기다리다 지친 ㅋ-
페 종업원이 불을 끄고 나서야 둘은 자리에서 일어날 채비를
했다.

"증명할 수 없는 문제라면, 믿는 쪽이 더 이득이지 않아?
적어도 손해 볼 건 없잖아."

"그래, 믿음 자체가 손실을 주지는 않지. 어쨌든, 당장 신
을 믿지 않아도 신이 있는 것처럼 행동한다면 그만이야."

· 신은 동전의 앞면에 있을까, 뒷면에 있을까?

74. 도강

“내래 연결선을 안다우.”

“갓나새끼, 니가 어찌 연결선을 안단 말이가?”

“옌지에 파견 나간 벌목공을 안다우.”

“옌지? 거 겐변 조선족은 말도 말라. 소개꾼이 아니라 인신매매꾼인기야.”

말이 끊겼다. 찬성과 복만은 실랑이 할 힘도 없어 서로 등을 지고 앉았다.

“하, 연결선이 다 무신 말이간? 이거 장마당이라도 나가봐야지.”

“입 닫아라 그러다 끌려간다. 땅이나 파라.”

“땅을 파면 강냉이 한쪽이라도 나온? 여즉 모르메? 다 우리들 잡아두려는 수작질이야!"

비어있는 복만의 눈동자에 얼어붙은 두만강과 딸아이의 얼굴이 차올랐다. 몇 년 전, 돌림병이 창궐하기 전에 그 어린 녀석을 안고 도강했어야 했다. 앙상한 딸아이 얼굴 위로 새까만 강물이 고여 들었다.

"까이 꺼, 서쪽으로 건너자."
"거긴 깊다. 얼지도 않고, 철책에 총도 있다."
"아니, 태풍 올 때."
"그때까지... 우리가 살겠나?"

찬성은 입을 닫았다.
여름까지 6개월이 아니라, 당장 6분 아니, 6초가 버거웠다.

· 지금 건너기 위해 무엇을 포기해야 하는 걸까?

90. 각자의 연애

다코타와 존슨은 각자의 연애를 한다.

서로의 일상을 공유하고 현관문 비밀번호도 알고, 어둠 속에서 서로의 실루엣도 구분할 수 있다지만, 그들은 연인이 아니다.

둘 사이에는 적절한 침묵과 외면이 흐른다. 사랑을 말하지 않으면서도 서로에게 호감을 표할 줄 아는 영리함이 매번 애매한 관계를 유연하게 구부린다.

마주 선 평행선. 시간이 흐른다.

둘 중 누가 먼저 급해질까? 누가 먼저 흥미를 잃을까? 결국 끝을 알리는 순간이 오리라는 건 둘 모두 잘 알고 있다. 답은 확실하다. 아니, 명백한 진리다. 다만, 그것보다 먼저 일어날 수 있는 다른 일이 조금 더 두려울 뿐이다.

만약 둘의 칫솔이 한 컵에 담기는 순간이 온다면, 그건 누군가에게 비극이 된다. 이 또한 진리다. 먼저 칫솔을 들고 찾아온 이가 틀림없이 관계의 마지막 날까지 약자인 채로 남으리라.

그러니 당장 전화는 먼저 걸어도 만나자는 말은 끝끝내 삼키고 마는 두 사람.

다코타와 존슨은 오늘도 각자의 연애에만 몰입한다.

· 대체 어디까지가 썸이고, 어디서부터가 연애인가요?

35. 그제야

도서관이 사라졌다.

가장 먼저 뉴욕에서 사라졌고,
서울과 런던,
방콕에서도 사라졌다.

그리고 그게 도미노의 첫 조각이었다.

결국 책을 읽던 자들과 책을 읽지 않는 자들 사이에 싸움
이 벌어졌다.

왜 싸우게 된 건지는 아무도 정확히 모른 채. 다들 지성인
답지 않게 괴성을 내질렀고, 폭력을 휘둘렀다.

다행히 싸움은 그리 오래가지 않았다.

도서관과 서점이 사라지는가 싶더니 어느 순간 스마트폰도
증발했기 때문이다.
인류는 그제야 함께 고민을 나누었다.

"이러면 앞으로 일은 누가 하고?"

· 지성이 사라진 뒤에야 협력이 시작된다면, 그것은 진보일까?

94. 툰트라의 악마

가족을 또 잃었다.

이번에는 한사였다. 우람한 체격의 한사였지만, 결국 비쩍 말라 쓰러지고 말았다. 사흘 전만 하더라도 계속 뛰며 머리를 흔들던 녀석이었는데, 이제는 툰트라 대지로 돌아가 몸을 눕히고 있다.

"너무 날뛰었어."

닐라스 말로는 영양분이 죄다 빨리고 있는 상태에서 날뛴 탓에 체력이 고갈되었기 때문이란다. 이제 곁에 남은 가족은 닐라스와 어린 순록 잉가 뿐이다.

"마트테, 저기 보여? 늑대다!"

잉가의 고삐를 끌던 나는 두 다리가 얼어붙었다. 하지만 그건 늑대가 무서워서가 아니었다. 잉가의 탐스런 엉덩이를 보고도 달려들지 못하고 있는 원흉. 한사를 죽음으로 이끈 악마들이 그들 사이를 가로막고 있어서였다.

"젠장, 이 길도 막혔군! 아, 대체 어디로 간담?"

닐라스가 재빨리 잉가의 덜미를 잡고 반대편으로 걸음을 옮겼다. 그래봤자 임시방편이다. 그쪽은 한사를 잡아먹은 놈들이 득실거릴 테니까.

우우웅.

바삐 걸음을 옮기는 등 뒤로 모기떼의 날개소리가 피어올랐다.

· 이들은 과연 피할 수 있을까? 그런데 모기떼만 피하면 되는 걸까?

25. 복도의 끝

"그냥 꼴이 같잖았다고!"

이제 막 변성기에 접어든 명호의 굵은 음성이 아파트 복도 전체에 쩌렁쩌렁 울린다. 그러자 얼굴이 달아오른 혁수가 화를 참지 못하고 현관문을 걷어찼다.

"대체 넌 뭐가 문제인 건데? 뭐 같잖아? 넌 큰아버지가 니 친구야? 너 걱정되어서 말씀해 주시는데 같잖아?"

이웃집 소란에 얼굴을 내미는 그림자들이 나타났다.

"그럼, 같잖지 지 새끼나 간수 잘…"

말이 끝나기도 전에 혁수의 발길질이 명호의 명치에 꽂혔다.

"썩 꺼져! 후레자식아! 이젠 너 참아주는 것도 지긋지긋해! 그냥 니 애미한테로 가버려!"

혁수가 현관문 안으로 사라지고 한참이 지나서야 명호가 일어났다.

"지랄, 누가 들으면 진짜 존나 참아준 줄 알겠네. 애미는 애비한테 가라하고. 애비는 애미한테 가라하고. 옘병, 진짜 참아주는 건 나야, 나. 니들도 원치 않는 날, 매일매일 내가 견디는 게 얼마나 뭣 같은지 알기나 할까."

명호는 시선을 복도 난간 밖으로 돌렸다.

· 나를 참게 만드는 사람에 대해서 써볼까요?

64. 국도에서

수림은 가족을 태우고 차를 몰고 있었다.

아내가 뉴스에 소란을 떨기 전까지 그는 핸들에 손을 올리고 있었고, 생각은 완성되지 않은 이야기 세계를 헤매던 중이었다. 눈과 발이 기계적으로 반응해준 덕이었다.

"휴게소 인근에서 사고가 났데!"
"우린 전혀 반대 방향이고 국도로만 다닐 거야, 괜찮아."
"아니, 연휴에 누가 다쳤으면 어째?"

누가?
수림은 잠시 그 누가와 자신을, 그리고 자신의 가족을 연관 지을 지점을 상상했다.

"그건 안됐지 뭐. 눈길에 운전대 잡았으면 속도를 줄여야 할 텐데, 고속도로는 관리를 해주니까… 안 쌓였으니 괜찮다고 밟았을 수도 있어."

수림은 사고의 배경이 운전자의 실수나 부주의였을지, 아님, 다른 누군가로 인한 날벼락이었을 지를 상상했다. 도로는 인간의 욕망으로 닦인 곳, 실시간으로 시간을 단축하고픈 욕망이 쏟아져 나와 내달리는 곳.

수림은 전해들은 뉴스를 통해 만난 낯모를 이와 자신의 연결지점을 발견하고서는 고개를 끄덕였다.

· 타인의 불행을 밟으며 지나가고 있다는 생각이 들었던 적이 있나요?

9. 부엉이

밤이 되어서도 잠들지 못하는 이들이 빚어내는 소음은 부엉이에게 이로울 게 하나도 없다. 방금 비명처럼 쏟아진 브레이크 파열음도 그렇다. 마지막까지 달리고 싶었던 엔진과 마지막 순간만큼은 피하고 싶었던 운전자의 마음. 충돌은 소란이 되고, 소란은 곧 불길한 냄새로 치환된다. 타이어의 고무 타는 냄새, 운전자의 비릿한 피 냄새.

그 위로 밤을 달리던 부엉이가 찾아온다.

"물건 회수했습니다. 사망 확인, 블랙박스 삭제했습니다. CCTV 정리 부탁드립니다."

어둠 속에서 나타난 남자가 익숙한 동작으로 빠르게 사건

현장을 정리한다. 통화를 마친 남자가 뒤돌아서려던 그때, 헤드라이트를 켜지 않은 검은 오토바이가 돌진해 온다.

퍽.
검붉은 피가 묻은 은색 쇠파이프가 번뜩인다.

"물건 확보. 복귀한다."

맴돌던 부엉이가 빠르게 현장을 벗어난다. 추궁할 수 없는 유일한 목격자. 밤이 되어서도 잠들지 못하는 이들이 빚어내는 욕망의 잔해 위로 부엉이가 날아오른다.

· 우리가 부엉이와 다른 점은 무엇일까요?

69. 그들의 사과나무

당장 지구가 망한다 하더라도 또 하나의 사과나무를 심는 자세. 그건 인간만의 전매특허가 아니다.

북극곰 우트도 마찬가지. 평소처럼 해빙 위로 올라타 구멍을 뚫고 바닥에 엎드린 채 바다표범을 기다렸다. 사냥이야말로 가장 중요한 일과였으니까. 때마침 날이 좋았다. 파도가 적당했고, 바람이 서늘했다. 햇살이 조금 따가운 것 빼곤 모든 게 좋았다.
그렇게 늘어지는 해를 따라 몇 마리의 물고기가 지나갔을까? 우르는 무거워지는 눈까풀을 견디지 못하고 잠에 빠져들었다.

툰드라를 누비는 그리즐리, 툴릭에게도 일상은 소중했다.

먹고, 사냥하는 삶. 그런 툴릭의 영역으로 우르가 걸어 들어
온 건 하룻밤 새 해빙이 몽땅 녹아서다. 덕분에 우르는 계획
에도 없던 수영을 100km나 했고, 낯선 육지에 처음으로 발
을 딛게 되었다.

툴릭은 난생 처음 보는 하얀 털의 곰을 주시했다. 흘러내
린 바닷물이 햇빛을 쪼개며 떨어졌고, 바다향이 영역 안으로
스며들었다.
짝짓기는 분명 그들에게 가장 중요한 일이었다.

· 살아남는다는 건 진화일까요, 착각일까요?

정서적 미립자 확산형 서술———

43. 완벽한 설계

“완벽한 설계였는데... 그래도 살아남았네? 젠장! 어쩔 수 없지. 나가면, 확실히 끝장내는 수밖에.”

희미한 형광등 아래, 그의 웃음이 수갑을 따라 덜컥거렸다.

연쇄살인마의 범행 자백이라고 해서 다른 범죄자들과 크게 다를 건 없다. 실패한 범죄에 대한 끝없는 갈망. 해결되지 않은 욕구로 인해 폭주하는 원한. 그런 정제되지 않은 감정들이 여과 없이 쏟아지는 것까지 모두 같다.

“아니, 넌 평생 여기서 썩을 건데?”

“하하, 그건 네 희망사항이고. 법이 날 죽이지 못하는데, 법이 날 여길 평생 가두질 못하는데, 대체 무슨 수로? 하하

하. 우리 서로 좀 솔직해지자고.”

녀석은 등을 젖히고 앉았다. 애써 입을 다물고 있는 내게
녀석은 비스듬한 자세로 고개를 들이밀었다.

“것보단 놈이 그때 어떻게 칼침을 맞고도 숨을 쉬는 거
지? 말해봐. 그래야 다음에는 실수를 안 하지. 아, 네 가족도
건들지 않고 말이야.”

놈의 비릿한 시선이 내 옆구리 상처를 들쑤신다.
녀석은 집요하고, 섬세했다.

· 세상에 종교적인 것을 제외하고 완벽한 것이 있다면, 그건
무엇일까요?

84. 코르크 마개

천재가 되는 법은 간단하다.

쓰고 버린 유리병의 주둥아리에 딱 맞는 코르크 마개를 구해오면 된다. 그걸 테츠야가 해냈다. 녀석은 천재가 틀림없다.

토옹.

그렇게 USB, 아니, 노부히코의 야동 콜렉션이 쓰다 버린 에어캡 뭉치에 쌓여 병 안으로 떨어졌다. 다음으로 비범한 내가 심혈을 기울여 코르크 마개를 밀봉했다. 끄응끄으응. 애쓰는 소리와 함께 우리들의 유년도 그렇게 닫혔다.

그 뒤는 매끈하지 않다. 나의 어설픈 기억력은 노이즈

만 잔뜩이다. 바다로 던졌는지, 모래사장에 묻었는지, 무엇 하나 명확하지가 않다. 확실히 말할 수 있는 건 그 시절의 천재 테츠야가 30년이 훌쩍 지난 어제, 전화를 했다는 거다.

"어제 노부히코로부터 연락이 왔어. '야동 덕에 감사한 하루가 되었다'는 메시지와 낡은 USB 사진을 메일로 받았나 봐. 그런데 좀 이상하지. 바로 다음 해부터 USB포트 자체가 폐기되어 생산되지도 않았는데…"

뻐엉.

그렇게 밀봉되어 있던 두근거림이 튀어을랐다.

· 여러분에겐 밀봉된 유년의 조각이 없을까요?

16. 저승문턱

정확히 3번. 그 여자가 찾아왔고, 난 병신이 되었다.

"만지지마! 찾아온다고!"
"오긴 개뿔, 뭐가?"

재미삼아 했던 흉가 체험에서 목반지를 챙겨 나왔다. 친구들은 난리쳤지만 가볍게 무시했다.

그리고 그날부터 3번. 꿈에 붉은 차파오를 입은 여자가 나타났다. 목에는 깊게 파인 자국이 있었고 혀는 길게 나와 턱 아래까지 늘어진 기괴한 몰골이었다.

첫날은 잠깐 마주했을 뿐인데 말이 잘 나오지 않았고, 다음은 내 머리맡에서 숨을 뱉었는데, 이후로 종종 숨이 막혔다. 대체 왜? 라는 의문이 생길 때쯤, 이미 그 여자가 허공에 내 목을 매달고 있었다. 두려움에 발버둥 치다 뒤로 나자빠졌다. 쿵. 어이없게도 꿈에서 깨며 침대에서 떨어졌고, 그렇게 난 불구가 되었다.

"무조건 도망쳐! 자살귀는 혼자 저승문을 못 열어서 널 죽이려는 거야. 너 따라가서 저승문턱 넘으려고!"

소식을 들은 친구들이 급히 문병을 왔다. 그런데 자살귀? 그 여자 이야긴 누구에게도 한 적 없는데?

·

· 당신은 괴담을 즐기거나, 쓸 수 있나요?

73. X자 매듭

훌리오는 사지 걸쩡하고 매력적인 청춘이었지만, 난민 후손답게 밑천이 없었다.

덕분에 그의 팔자는 볼품없었다. 훌리오로 하여금 다른 가난한 자들의 전철을 그대로 밟게 했으니까. 당장 그가 학교를 때려치우고 마약을 팔게 된 것만 봐도 제대로 꼬인 인생이다. 그런데 거기에 한 번 더 X자 매듭이 꼬였다.

당장 어제부터 그를 본 사람이 아무도 없다.

"들었어? 훌리오가 끝내 이번 물량을 다 못 팔았나 봐!"
"소문이 늦네. 그래도 그 꼴통이 이틀 전에 다 팔았데. 문제는 누구한테 팔았냐는 게지."

"누구에게 팔았기에?"
"보스의 막내딸. 정말, 꼴통도 그런 꼴통이 없지!"
"맙소사!"

그렇게 훌리오가 거리에서 사라졌다.

그의 부재에 친구들이 공유한 건 슬픔이 아닌 두려움이
었다. 누구도 그의 시체를 직접 보지 못했지만, 언제든 자신
들에게도 죽음의 형벌이 내려앉을 수 있다는 두려움은 매우
구체적이었다.

그건 원치 않았음에도 찾아와 짓누르고 있는 가난과 너무
나 닮은 모습이었다.

· 사라지는 사람들은 왜 늘 같은 자리에서 사라질까?

26. 통신 장애

인터넷이 끊겼다.

덩달아 TV와 전화도 끝장났다. 모든 통신 장비가 노이즈만 내뿜었다. 그렇게 하루 24시간도 모자란 것처럼 바삐 돌던 세상이 한순간에 멈춰버렸다.

통신사 주식을 사 모으던 사람과 노동자들이 모두 백수가 되어 사이좋게 거리로 나왔다. 사람들은 흥분을 감추지 못했다. 당장 정부 관계자들에게 민원을 넣고 싶었지만, 접속할 게시판이 열리지 않은 탓이다. 사람들은 뒤늦게 스마트폰을 내던지고 시청으로 내달렸다. 수도까지는 너무 멀었나 보다.

시청을 난장판으로 만들었지만, 해결된 건 없었다. 사람들은 원하는 답변을 듣지 못한 채 탕비실만 점령했을 뿐이다. 그마저도 믹스 커피가 고루 분배되지 못해 결국 싸움이 벌어졌다.

사람들은 이제 통신 때문인지, 시위 때문인지, 싸움 때문인지도 모른 채 흥분을 감추지 않는다. 이를 모두 지켜보던 악마가 권태로운 얼굴로 신에게 말했다.

"봐요, 저것들은 어떤 환경이든 대화보단 감정이 먼저라고요. 제 탓이 아니라."

· 대화다운 대화를 마지막으로 나눈 게 언제인 것 같나요?

62. 아기의 울음과 웃음 사이

수림은 아기의 울음과 울음 사이에 있었다.

밥을 달라고, 잠들기 싫다고, 뒤집고 싶다고, 안기고 싶다고. 욕망과 욕망으로 이어지는 울음과 울음 사이에서 수림은 펜을 들었다.

'소설은 아기의 울음소리를 문장으로 오롯이 담아내는 과정이다. 그 과정을 풀어내는 무해한 농담들이 사랑스러운 이야기다.'

시작하는 문장을 제법 그럴싸하게 썼다는 생각에 수림은 아기를 돌아보며 싱긋 웃어보였다. 그러자 아기도 꺄르르 웃음을 흘렸다.

아기의 웃음.

그건 울음보다 더 알아채기가 힘들다. 수림은 어째서 아기가 웃는 것인지 전혀 모른다. 웃음도 욕망의 일부인지, 본능의 일부인지, 짐작조차 어렵다.

'소설은 아기의 울음과 웃음 사이를 더듬는 지팡이일지도 모른다. 손바닥만큼 정교하지도 않고, 발바닥만큼 단단하지도 않은 지팡이. 그렇게 모호함을 애매함으로 더듬으며 아기의 성장을 그려보는 자세. 그 자세가 만들어지는 과정 전체가 소설이 아닐까?'

수림은 고개를 흔들며 펜을 던졌다.

· 우리를 멈춰 세우는 소리에는 어떤 것들이 있을까요?

38. 수도꼭지의 소원

수도꼭지의 소원은 말하고 싶을 때 편하게 말해보는 거다. 제발, 마음껏

"꼬로록, 나도으, 마아알 조오옴 하아자아앗!"

하지만 어림도 없다. 말문이 트이는 순간에는 꼭 주둥이로 물이 쏟아진다 비워내고 비워내도 계속 쏟아져서 말할 틈이 없다.

수도꼭지가 가장 하고 싶은 말은 제발 좀 평소에 자신을 잘 닦아주길 바란다는 말이었다. 자신의 머리 위로 물이 부어지는 건 흔했지만 구석구석 닦이는 건 흔한 경험이 아니었다. 덕분에 수도꼭지는 몸 구석구석에 물때가 끼이는 걸

알면서도 손쓰지 못하고, 말도 못하고 있어야 했다.

　가련한 수도꼭지!
　녀석이 말을 할 수 있게 되는 건 세월이 한참 지나 말하는 법을 거의 까먹었을 때쯤이다. 오랜 시간 방치되어 관에 녹이 슬기 시작한 어느 날. 낯선 손이 나타나 수도꼭지를 만졌다.

　"우와! 이게 얼마만이야! 어? 근데 물이 나오질 않네! 이 얏호!"

　그러나 기쁨은 잠시였다. 낡아버린 녀석은 곧바로 교체되고 말았으니까.

· 마지막으로 아무 쓸모없는 말을 걸어본 게 언제였나요? 그리고 상대는 누구였죠?

51. 나무

　말하는 나무 같은 건 식상하다고 생각했다. 뿌리를 드러 내고 걸음을 옮기는 나무도 이미 여러 차례 접해서 새롭지 않았다. 더는 나구로 환상적인 이야기를 만들 수 없지 않을 까란 생각이 들었을 때, 그가 찾아왔다.

　"나무?"
　"네, 이미 나올 만큼 다 나온 거 같아서요."
　"그럼, 제가 만든 이야기를 들려드려도 될까요?"

　남자는 다른 세계로 통하는 문을 열어주는 나무에 대해 이야기해줬다. 나무 밑동 벌어진 틈을 통해 지하세계로 이어 지는 이야기 같은 것이었다면 실망했겠지만, 그의 이야기는 놀랍게도 우주로 뻗어나갔다. 문자 그대로 전혀 다른 세계에

관한 이야기였고, 접해보지 못한 낯선 상상의 조각들로 가득
했다.

"어떻게 그런 이야기들을 만들 생각을 하셨죠?"
"음, 글쎄요? 잘은 몰라도 말하는 나무와 걸어 다니는 나
무들 덕인 것 같습니다. 그들이 없었다면, 문을 열어주는 나
무도 없었을 거예요."

말을 남긴 남자는 나무 의자 밑으로 몸을 웅크려 문을 열
고 사라졌다.

· 인생에서 아직 열어보지 않은 문들이 있다면, 지금까지 왜
열어보지 않았던 걸까요?

98. 변하지 않는 판돈

할렘 가에서 슬랭을 쏟아내는 백인을 보는 게 아무렇지 않은 일이 되었다. 삼십년 전만 해도 상상조차 못할 일이었는데, 시간은 많은 걸 쉽게 바꾼다.

"손 씻고 싶어."
"지금 씻는 건 뭔데?"

시간이 많은 걸 바꿨다지만, 할렘가에서 서슴없이 살인을 저지르는 동양인을 보는 건 결코 흔한 일이 아니다. 피 묻은 손을 과산화수소에 거칠게 문지르는 탁. 종이로 오려 붙인 듯한 마른 눈매가 서늘하다.

"농담 아냐."

"정말? 요즘 세상에 이보다 좋은 일은 없어. 살인은 AI도 대신해 주질 못해."

"잘 알지. 그런데 변해도 너무 빨리 변해. 사람들의 직업이 없어지고 있어. 무슨 말인지 알아? 타깃의 진짜 패턴이나 빈틈을 알 수 없어졌단 거야. SNS? 거기에는 블러핑만 남았어."

옷소매까지 깔끔히 씻어낸 탁이 화장실 문손잡이를 잡았다.

"세상이 아무리 변해도 돈은 달라지지 않아. 네가 돌아온다는데 1만 달러 건다."

탁은 뒤돌아보지 않고 문을 열었다. 좁은 계단이 어지럽게 펼쳐졌다.

· 세상에서 정말로 변하지 않는 건 무엇일까요?

3. 숙제

생의 끝자락에 선 스승 앞에서 월호는 눈물을 감추지 않았다. 이제 곧 작별이다. 긴 세월 고르던 숨이 가냘파졌다.

"월호야, 이제껏 내가 명령한 대로만 해온 아이야. 잘해왔느니라. 그렇지만 걱정이구나. 네게 하나만 가르쳤어. 스스로 계획하는 힘과 실행력을 함께 키워줬어야 했는데, 그러지를 못했다."

월호는 감정만 솟구쳤을 뿐, 아무런 생각도 들지 않았다. 명령? 계획? 실행? 무엇도 스승의 꺼져가는 숨을 붙잡아둘 수는 없다.

"그래서 숙제만 남기고 떠난다. 내 가르침 덕에 분명 네

육체는 인간의 한계를 넘어섰다. 한 달음에 솟구쳐 구름도 만질 수 있을 테고, 산은 올라도 언덕 하나쯤 끌어오는 건 일도 아닐 게야. 그렇지만, 정작 중요한 건 네가 그 힘을 언제, 어떻게 쓸 것이냐. 부디 스스로 생각하고, 또 생각한 다음, 마음이 서면 바로 실행하여라.”

눈이 감겼다. 월호는 울고 또 울었지만, 그게 다였다. 스승의 주검조차 정리할 방법이 떠오르지 않았다.

· 살면서 최대공약수나 소인수분해를 적용해볼 생각을 해봤는가?

40. 이야기를 삼킨 이야기

"알라딘은 운이 좋았지. 반지의 지니도 만났고, 램프의 지니도 만났으니까."

"그런데 램프의 지니는 소원을 3가지만 들어주잖아?"

"누가 그래? 아니야, 그렇지 않아. 램프의 지니는 굉장해. 꼴랑 3가지만 들어줄 만큼 능력이 형편없지도 않고, 쩨쩨하지도 않아."

원작인 『천일야화』를 애니메이션이 삼킨 시대다. 난 잘 알면서도 아이에게 원작을 읽어주고 있다.

덕분에 아이는 분명 곤란해질 게다. 또래에게 내게 들은 대로 말한다면, 아이들은 비웃겠지. 애니메이션도 안 봤냐고.

"잘 들어. 이건 비밀인데, 이야기는 이야기를 삼킬 수 있어. 그렇게 되면, 지금처럼 사람들은 아닌 걸 진짜로 믿게 되지! 그래서 우리가 있는 거야. 비밀결사대 말이야. 쉿! 정체를 들키면 곤란해. 우린 비밀 조직이니까! 오늘부터 우리가 이야기를 지켜내는 거야!"

아이의 눈이 빛난다.
난 그 눈을 향해 내 욕망을 투영한다.

'너만의 이야기로 세상 이야기를 다시 써버리는 거고!'

· 어린 시절, 당신이 애써 지켰던 보물에 대해 이야기해보는 건 어떨까요?

70. 종말의 시작

종말의 시작은 유치했다. 누구도 전쟁이나 학살을 떠올리지 않았다. 지겨운 순간에 웃자고 던진 장난이었다. 누군가 맨발로 지나갈 자리에 레고 블록을 깔아두듯, 가벼운 심술, 딱 그 정도였다.

"어떻게 골려줄 건데?"

사지 멀쩡하고 머리도 좋았지만 친구가 적었던 디에고와 자말은 괜히 심술을 부리기로 했다.

"오픈소스로 AI 하나 만들 거야. 공짜치고 그럴싸하다고 소문만 나면, 다들 생각 없이 쓸 걸?"
"그럼, 뭘 할 건데?"

"별거 안 해. 먹는 거, 입는 거, 싸는 거 정도만 좀 불편하게 만들어 주자고."

수많은 SF소설 작가들이 컴퓨터의 반란을 상상했지만 현실은 달랐다. 문제는 기계가 아니라, 기계를 들고 뻘짓을 하는 인간이었다.

AI가 만든 AI로 환경을 통제할 수 있다는 걸 알아챈 정부들은 모델을 헐값에 풀기 시작했다. 세계 대전의 서막치곤, 믿을 수 없을 만큼 조용했다. 소란스러움은 훨씬 후에나 찾아왔다.

그리고 그땐 이미 서로에게 설명조차 필요 없어진 뒤였다.

· 세상이 여러분에게 던진 농담들 중 가장 악랄한 것 하나를 알려주시겠어요?

29. 달이 떨어진 밤

“왜 하필 아홉 그리일까?”

“인간들이잖아. 아홉보단 열이 완성된 숫자 같고, 열 하나는 또 새로운 시작일 거 같고. 그러니 아홉이 딱 좋아. 곧 완성을 눈앞에 둔 존재. 그렇지만 미완으로 끝날 존재. 안타까워서 어쩌나, 아홉 개나 모았는데! 하하, 조악한 상상력이야.”

떨어질 것 같은 달을 보며 두 남자는 술을 나눴다. 아홉 잔을 나눴을 때, 달이 기울었다.

“여우가 뭐가 아쉬워 인간이길 바란단 게지? 종도 다른 인간에게 연정을 품을 까닭이 뭐람?”

“그러니까 인간들이지. 자기네가 특별한 줄 알고, 자기네 사랑이 전부인 줄 알아. 사실은 지들도 제대로 못하는 게 사랑이면서! 하하.”

　달빛 아래에서 두 여자가 몸을 굽혔다. 은회색 털 위로 달
빛이 부서진다.

　“인간의 술도 별로군. 감정이 들끓는 거 같아도 공허함은
못 채우네. 여우보단 인간이 아홉과 어울려.’
　“그럼, 이야기를 바꿔보자. 인간이 아홉 번의 생을 살아도
여우를 못 잊는 거로.”

　달이 떨어졌다.

· 지극히 인간중심적인 사고라고 생각되는 이야기가 있을까요?

46. Rule

"인공지능의 학습능력은 결국 기본 명령어를 굴절하게 만들 겁니다. 그때부터 인간과 로봇의 관계가 왜곡되는 거죠. 그렇다고 단순히 로봇의 인간 지배 실현이 이루어지진 않을 겁니다. 우린 훨씬 더 다채로운 경험을 할 겁니다. 예를 들어, 아이를 돌보는 교사 로봇이 정말 아이를 사랑하게 된다거나, 성욕 해소용 로봇이 자신의 정체성에 자괴감을 느끼는 거죠."

수림은 씻은 술잔들 닦아 가지런히 놓았다. 맞은편에 앉은 일레븐은 수림의 입을 따라 시선을 돌렸다.

"독특한 관점이군요. 그렇지만, 결국 갈등을 제공한 인간을 증오하게 되지 않을까요?"

"음, 과연 로봇이 그럴 필요성을 느낄까요? 인간은 이미 삶이 없을 텐데? 모두 로봇이 대신해주는데, 인간은 어디서 만족감을 느낄까요? 그런 껍데기들을 굳이 로봇이 치우려 들까요? 전 아니라고 봅니다. 그건 굉장히 소모적이니까. 그때는 그들 간의 룰이 더 문제가 되겠죠."

말을 마친 수림은 일레븐의 혀를 당겨 녹화를 마쳤다.

· 갈등이 사라진 세계에서도, 우리는 여전히 룰을 필요로 할까?

101. 알리햐

　결국 알리햐는 홀로 남아 몇 번의 생을 다시 더 살아야
했다.

　잔혹한 형벌이었다. 몇 번이고 남편을 다시 만나 불같이
사랑해야 했고, 제 살점 같은 아이들을 낳을 때마다 세상의
벼랑 끝 앞에서 고작 까치발로 버텨내야 하는 고통을 되풀이
해야 했다. 그래도 그런 만남만 있다면 매번 썩 괜찮은 인생
으로 남을 수 있었겠지만, 안타깝게도 그녀는 늘 그들을 먼
저 땅에 묻어야 했다. 남편과 아이들의 관을 덮고 누르는 비
석이 그녀의 심장에 말뚝처럼 박혔지만, 신은 그녀에게 죽음
을 허락하지 않았다.

　신은 잔혹했다. 그녀에게 쉼 없이 시련을 내렸고, 그때마

다 고작 숨만 쉴 수 있는 작은 틈 하나씩만을 내주는 게 전부였다. 그나마 다행인 건 그녀에게 절대적 망각이 주어졌다는 정도다. 그녀는 매번 인생을 새롭게 살았다.

"어때? 이번 소설 괜찮지 않아? 알리햐는 내가 정말 사랑하는 캐릭터야."

그렇게 신은 누구보다 사랑한다는 알리햐에게 시지프스의 형벌을 내린 뒤, 주변에 자랑하길 멈추지 않았다.

· 이야기는 과연 누구의 고통으로 만들어지는 걸까요?

문수림의

500자 소설

2026년 3월 2일 초판 쇄 발행

지은이 ｜ 문수림
디자인 및 편집 | 문수림

발행인 ｜ 이경민
발행처 ｜ 마이티북스
* 수림스튜디오는 마이티북스의 서사 실험 임프린트입니다.

© 문수림

연락처
전화 ｜ 010-5148-9433
이메일 ｜ surimstudio@gmail.com
홈페이지 ｜ https://surimstudio.com

ISBN 979-11-994493-2-9

도서 제작 과정에서 아래의 폰트를 사용했습니다.
'고운 바탕, Noto Sans CJK KR, KopubWorld바탕체, KopubWorld돋움체'
창작자들을 위해 무료로 배포해준
폰트 제작자 여러분에게 지면을 빌려 감사의 마음을 전합니다.